明治44年，50歳の鷗外

森　鷗外

森 鷗外

●人と作品●

福田清人
河合靖峯

Century Books 清水書院

原文引用の際，漢字については，
できるだけ当用漢字を使用した。

序

青春時代に、史上いろいろな業績を残した人物の伝記や、すぐれた文学作品を読むことは、人間精神の豊かな成長、形成に大いに役立つことである。

ことに偉大な文学者の伝記は、美と真実をたえず追求して、苦難をのりこえてきた記録で、強い感動を与えてくれるものがあり、一方、その作品の理解の大きな鍵となるものである。

たまたま清水書院より私はわが国近代作家の「人と作品」叢書編纂の依頼を受けた。それは、新進の研究家の新鮮で弾力ある内容を期待するということであったので、私の出講していた立教大学大学院に席をおきながら近代文学を専攻している諸君を、主として推薦することとした。そして編者の責任上、その原稿には丹念に眼を通した。

すでに第一期九巻は一九六六年の初夏に出版され、反響を呼んでいるが、ここに第二期中の一巻がこの「森鷗外」である。執筆者、河合靖峯君は、立教大学の大学院博士課程を終わり、立教高校の教壇に立っている。大学院では私の研究室にも出入りしていたが、塩田良平博士を指導教授として、鷗外を中心に近代文学を研究してきた。

ここに近代文学の巨峰である鷗外の生涯を細密に描き、その数多い作品の中から若い世代に愛読されているものを選んで、親切な解説、批判を加えたこの本をまとめた。

これは数多い鷗外研究書の中で、若い世代の人たちに最も手頃な入門書の実を備えているものと思う。

なお、写真は長谷川泉氏の厚意により、その撮影によるものを同氏の著「森鷗外」（明治書院）より複写させてもらったものが少くない。同氏に厚く感謝する。

福田清人

目次

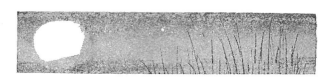

第二編　作品と解説

第一編　森鷗外の生涯

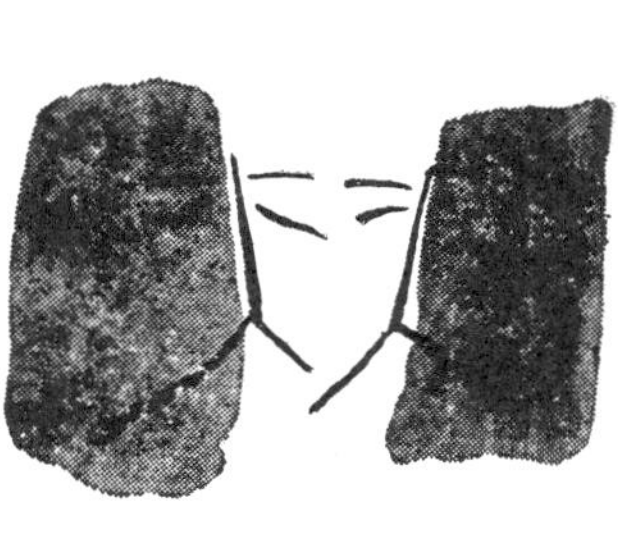

近代日本の生んだ最大のすぐれた文学者といえば、誰でも森鷗外か夏目漱石かのどちらかを選ぶだろう。非常にすぐれた文学者をよぶのに文豪という言葉があるが、これは単に天才的作家をさすのではなく、文学経歴が長く、時代を代表するようなすぐれた作品をたくさん持ち、作者自身が人間的にも偉大であり、豊かな教養と高い見識とを持っている人でなければならない。イギリスの文豪シェークスピア、ドイツの文豪ゲーテ、ロシアの文豪トルストイ、フランスの文豪バルザック、それぞれこのような各国を代表する文学者である。

「森鷗外は謂《い》はばテエベス百門の大都である。東門を入つても西門を窮《きわ》め難く、百家おのおの其《その》一両門を視《み》て而《しか》して他の九十八九門を遺《のこ》し去るのである」

これは弟子木下杢太郎《もくたろう》の森鷗外を評した有名なことばである。

「百門のテーベ」とよばれる古代エジプトの首都テーベは、歴代の王が巨財と奴隷労働力を費して建設した、世界史上類を見ない大建築物を今にしている。高大なる精神は高大なる事物を喜び、趣味に知識に、一点の凡《ぼん》を許さない。森鷗外もまたテエベス百門の大都である。

小説家として、戯曲家として、評論家として、翻訳家として活躍した森鷗外は、まさにわが国を代表する文豪の名に最もふさわしい大文学者であった。

津和野の天才少年

故郷津和野

森鷗外、本名森林太郎は、文久二年（一八六二）一月十九日（新暦では二月十七日）、石《いわ》見国《みのくに》鹿足郡《かのあしぐん》津和野町《つわのまち》田村横堀に生まれた。現在の島根県津和野町大字《おおあざ》町田イ二三一番地である。父は静泰《せいたい》（後に、静男・二十七歳）、母はミ子《みね》（通称、峰子・十七歳）で、鷗外はその長男であった。父は当時、若いながらも津和野藩の御典医《てんい》（殿様につかえる医者）と町医者とをかねていた。

鷗外の生まれた文久二年は、ペリーの来航から九年、明治維新に先立つこと六年で、尊王・佐幕《さばく》、攘夷《じょうい》・開国の論議や、血なまぐさい騒動に明け暮れした、暗雲入り乱れる時代であった。しかし、福沢諭吉、箕作《みつくり》秋坪《しゅうへい》、西周《にしあまね》、榎本武揚《たけあき》、津田真道《まみち》ら、日本の近代化をになう指導者たちが、あいついで欧米《おうべい》の先進国に渡航し始めたころでもあり、日本の夜明けは目前にせまってもいた。

鷗外の故郷津和野は、現在の島根県南西部、山口県との境《さかい》に近く位置し、中国山脈の山間にある盆地である。今もなお城下町の面影をあちこちにとどめ、東に壮麗な青野山をのぞみ、津和野川の清流が絶えずせせらぎの音を発し、古びた家々の軒下を流れる溝《みぞ》には二万匹の鯉《こい》が観賞用としてゆうゆうと泳いでいるという、古風なたたずまいを見せる、山陰の小京都と呼ばれる美しい山紫水明の地である。

　また津和野は、四万三千石の藩主亀井侯の城下町で、津和野藩は内高二十万石といわれるように、小さな藩ではあるがよく平和を維持してにぎわい、藩校養老館をはじめ、医学研究を奨励《しょうれい》する奨学制度もあって、学問的雰囲気にも恵まれていた。そんななかにあって森家は先祖代々、藩主亀井侯につかえる御典医の家がらであった。生まれおちるや鷗外は、毛なみがよく気位の高い、学問的雰囲気の中にあったといえる。

　森家は、いわゆる家中屋敷の並《なら》びにあった。今でも鷗外の生まれた当時の家が、津和野の他の場所に移されてはいるが、現存している。見るからにつつましい平家建ての小家屋で、質素な暮しむきであったように思える。当時の家の周囲の様子を『ヰタ・セクスアリス』に、鷗外は次のように書いている。

　「お父様は藩の時徒士《かち》（位の低い武士）であったが、それでも土塀《どべい》を繞《めぐ》らした門構《もんがまえ》の家に丈《だけ》は住んで

津和野の鷗外生家の付近(現在)

鷗外の生家

をられた。門の前はお濠《ほり》で、向うの岸は上《かみ》のお蔵である。……此《この》辺《へん》は屋敷町で、春になつても、柳も見えねば桜も見えない。内の塀の上から真赤な椿《つばき》の花が見えて、お米蔵の側《そば》の臭橘《からたち》に薄緑の芽の吹いてゐるのが見えるばかりである。西隣《どなり》に空地《あきち》がある。石瓦《いしがわら》の散らばつてゐる間に、げんげや菫《すみれ》の花が咲いてゐる。……お母様の機《はた》を織《お》つてお出《いで》なさる音が、ぎいとん、ぎいとんと聞える。空地を隔《へだ》てて小原といふ家がある。主人は亡《な》くなつて四十ばかりの後家さんがゐるのである。」

城下の屋敷町であり、家ばかりの一画《かく》で木もなかったのであろう。冬になると猪《いのしし》が出て城下を荒らしまわる。そうすると鷗外の父は竹槍を持って出掛ける。鷗外と母とは雨戸をしめて家にこもり、雨戸の節穴《ふしあな》から、猪が雪を蹴《け》立てて通るのを恐る恐る見ていたという、今とはだいぶ異る風景であった。

家系

鷗外の曽祖父は森周庵《しゅうあん》と言う。周庵には四男一女があったが、若死にや家出や他家へ嫁や養子に行ったりしたので、佐々田家から綱浄《つなきよ》が養子に来て森家の十一代目をついで御典医となった。これが鷗外の祖父である。

若くして江戸、長崎に学んでオランダ医学に通じ、漢学にも優《すぐ》れていた。明敏篤学《めいびんとくがく》の人であったが、森家の実子でない取子《とりこ》取嫁《とりよめ》の養子であるため、御典医として恵まれず生活は苦しかった。それでも書生を二三人は置いていたという。鷗外の生まれる前年の文久元年、藩主にしたがって江戸に出た帰り、鈴鹿峠《すずかとうげ》を越えた近江《おうみ》の土山で没した。このため初孫《ういまご》鷗外は祖父の生まれ変わりといわれ、大切にされた。

祖父の妻である祖母清子は、長門国《ながとのくに》（山口県）の由緒《ゆいしょ》ある豪家喜島《きじま》氏の長女である。才知と見識に富んだ賢女で、孫たちに対するしつけも厳格であった。鷗外の妹の喜美子が、学校の暗記物をどうしても覚えられなくて部屋のかたすみで泣いていると、「誰でも年頃の同じ者は、たいていは同じようなものですから、覚えられないといって、そのままにしておけば、いつまでも人に勝《すぐ》れるということは出来ません。もう一度顔でも洗って来て覚えてごらんなさい」といったという。祖母清子は、明治三十九年に八十八歳で没する。

この綱浄と清子との間に生まれたのが、鷗外の母峰子である。峰子は子供の時はとかく病弱で、そのうえ一人娘であったので非常に大事に育てられた。読み書きも身体にさわるからと禁止された。それでもいつのまにか、草双紙《くさぞうし》や『源平盛衰記』や『太平記』などを好んで読むようになったという。鷗外は後年の小説『本家分家』の中で新妻時代の母峰子の姿を次のように伝えている。

「それは所謂《いわゆる》長州征伐《せいばつ》のあつた直前の事である。博士の父は茶が好きで、或る日茶会を催さうとした。其時博士の母は、夫の機嫌を損ずるのを憚《はばか》らずに、強ひて罷《や》めさせた。かう云ふ世の中の騒がしい時、気楽

鷗外の父母

さうに茶の湯をしては、藩中の思はくが気遣はしいと云ふのであつた。父はつひに二三日前に友達の何がしが茶会を催して、自分も呼ばれたのを例に引いて争つたが、母は固く執《と》つて聴かなかつた。すると数日の後に、その茶会を催した何がしが、時節柄《がら》を弁《わきま》へず、遊戯に耽《ふけ》るのは心得違《ちがい》だと云ふので、閉《へい》門を命ぜられた。これには博士の父もひどく驚いたさうである。」

このように明敏な見識に富む賢女であった。

『本家分家』の中で鷗外はこうも書いている。

「吉川博士の家には、博士の祖父から博士の母を通じて、一種の気位の高い、冷眼に世間を視る風と、平素実力を養つて置いて、折もあつたら立身出世をしようと云ふ志とが伝はつてゐた。」

父綱浄と母清子の血は娘の峰子にもあらわれていたのである。しかも彼女が最も多く受けついだものは、明敏さに加えて気位の高さと立身出世欲であった。鷗外はこの文の中で「此家庭では父が情を代表し、母が理を代表し、父が子供をあまやかし、母がそれを戒《いまし》めると云ふ工合であつた」と書いている。そして母が父の背後にいて、「巧《たくみ》に柁《かじ》を取つてゐる」としている。峰子はこういう男まさりの性格を父母から受けつぎ、この性格で夫の静男に内助の功をつくし、子の鷗外を育てた。鷗外の後年の陸軍入りや、結婚、家庭、経済生活などの主導権をにぎり、自宅であ

森鷗外家の家系図

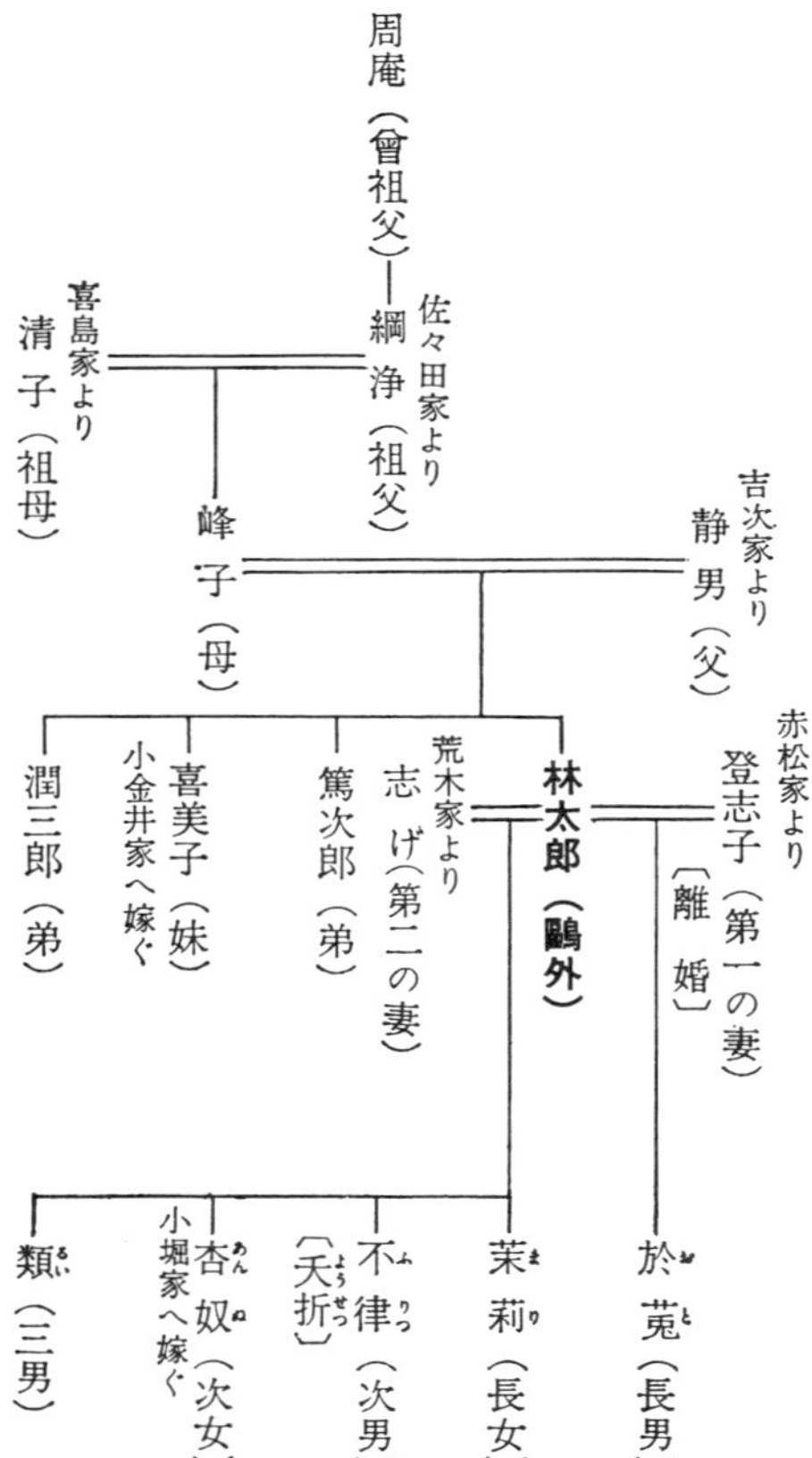

る観潮楼や千葉県日在《ひあり》の別荘の設計をしたり、鷗外の読み聞かせるドイツのレクラム文庫版の料理書にしたがって「レクラム料理」を作ったり、鷗外の作品のほとんどに眼を通し、校正を手伝ったり、鷗外の死ぬわずか六年前の大正五年三月二十八日に没するまで、鷗外一家を実際にやりくりしたのは、この母峰子であった。鷗外の一生はこの母峰子の敷《し》いたレールの上にあったとも考えられる。

このしっかり者の峰子の婿《むこ》となったのが、鷗外の父静泰《せいたい》（維新後は静男と改名。以下これを用いる）である。静男は周防国《すおうのくに》（山口県）の吉次《よしつぐ》勘右門《かんえもん》の次男で、医学の勉強に津和野藩に出て、鷗外の祖父綱浄に認められ、綱浄に男子がなかったため、その人がらを買われて愛娘峰子の婿《むこ》となって、文久元年（一八六一）森家十二代目をついだ。

常日頃《つねひごろ》病弱であった峰子のために、心の素直な、やさしい人という綱浄のめがねにかなった人であった。早くから藩の命令によって、遠く江戸や下総《しもふさ》（千葉県）の大家《たいか》の門をたたいて、オランダ医学を学んでいた。綱浄の死後は若くして御典医の列に加えられたが、それだけでは生活は苦しく町医者をも兼業した。鷗外はこの父静男について『本家分家』で次のように書いている。

「そこへ婿入《むこいり》をした博士の父は、周防国の豪家の息子である。……此人は医術を教へられて、藩中で肩を並べる人のない程の技倆《ぎりよう》にはなつたが、世故《せこ》に疎《うと》い、名利《みようり》の念の薄い人であつた。それを家つきの娘たる、博士の母は傍から助けて、柔《やわらか》に勧めもし、強く諫《いさ》めもして、夫に過失のないやうにしてゐた。」

このように世間の俗事にこだわらぬ、名誉心のないさっぱりとした人であった。好きなお茶をたてている時に患者が来ると、とかく断ろうとするような消極性もあった。気のすすまない夫を励まして、手に持った柄杓《ひしゃく》を置かせ、着物を着がえさせて患者の家に出してやるのは母峰子の仕事であった。

この父静男の性格は、鷗外にも多大の影響を与え、名誉心に恬淡《てんたん》とした鷗外の性格の一面を形づくったように思われる。しかし、それは、「平素実力を養つて置いて、折もあつたら立身出世をしようと云ふ」負けず嫌いな「気位の高い」、綱浄・清子・峰子と伝わって来た森家伝統の志の前に表面屈してしまっているように見える。鷗外の生涯はそれほど輝かしい栄光につつまれていた。母峰子に伝わった森家のエゴイズムは、待望久しい長男鷗外への期待にと向けられていったのである。

鷗外の誕生

鷗外の誕生のありさまを鷗外の妹小金井喜美子はその著『森鷗外の系族』の中で、後年次のように述べている。

「その正月十九日に、母君産の気つき給ひ、健《すこや》かなる男の子を生み給ふ。これぞ我が兄君なる。神棚《かみだな》に燈《とう》明《みよう》かがやき、祖母君涙さへ落して喜び給ふ。亡《な》き人の旅の日記にも、初孫の顔見んことを楽しむなど、幾《いく》たびか記《し》るし給ひつれば、これやがて祖父君の生れかはり給へるよなど云《い》ひつつ、家の人々やうやく愁《うれい》の眉《まゆ》すこし開きつ。いかで此《この》ちご、よく生《おう》したてて誰《だれ》も誰も思ふ。

母となり給ひても、まだうら若くましませば、祖母君むねと引受けて育て給ひぬ。男の子の初児《ういご》とて、あつかひいとむつかしく、夜啼《よな》きなどするを、夜も寝ずと云ふさまにて心づかひし給ふ。其頃《そのころ》住みける津和野川のほとり、常盤橋《ときわばし》のたもとなる中島と云ふ所を、知りたる人、さ夜ふけて通りかかれるに、ともし火あかあかとして人の打騒ぐけはひす。急病の人もやと立寄りて音なへば、幼なき児をあやすざわめきなりしかば、その事々《ことごと》しさに驚き笑ひて、人にも語りぬとぞ。」

このように燈明のかがやく神棚を前にして、森家の久々の長男鷗外は、祖父綱浄の生まれかわりという祖母清子の涙をはじめ、一家の期待を一身になって生まれた。誰の心にも、この長男を大切に立派に育てようという気持ちがあって、夜も寝ずの大さわぎとなって、だいじにだいじに育てられ、知らず知らず森家のエゴイズムは鷗外の身にくいいることになった。生まれるやいなや、鷗外の背には大きな期待と責任の重荷がかかっていた。

鷗外の生まれた後、森家には、慶応三年十月に次男篤次郎、明治四年一月に長女喜美子、明治十二年四月に三男の潤三郎が生まれた。

天才教育・漢学と蘭《らん》学　鷗外は、慶応三年、六歳になると津和野藩の儒者村田久兵衛について、漢籍の手ほどきを受け『論語』を学んだ。小学校が生まれるのはのちの明治五年であり、この時代の学問の本、医学の本などはすべてが漢文で書かれていたので、津和野藩の御典医の家に生まれた鷗外も、六歳で、漢籍を読めるように先生についたのである。

翌年、七歳になると、やはり藩の儒者米原綱善《よねはらつなえ》について『孟子』を学んだ。家から十余町（一キロ以上）

離れた米原家まで、毎朝七時には着くように祖母清子に送られて通い、帰りには米原家の者に送ってもらった。六、七歳という小学校に入学する位の年齢の子が、午前七時から始められる講義に出て、『論語』や『孟子』の素読をしたということは、この特殊な時代においても、特殊な天才教育であった。

母の峰子は、わが子鷗外の復習を監督するために、祖母清子から漢文の手ほどきを受けて仮名付きの『四《し》書《しょ》』をみずから予習した。何度も何度も熟読して意味を理解し、鷗外の復習を手伝うので、鷗外を寝かせてから夜おそくまで翌日の分を苦心して勉強したり、お蔵の書物を取り出して来て読んだり、その苦労はなみたいていのものではなかった。朝、出かける前に一度読ませることを常としたので、朝早く近所を行く人々の耳には、鷗外のかわいらしい素読の声が聞こえたという。

翌明治二年、八歳の鷗外は、津和野の藩校養老館に入学し、その俊秀ぶりをいかんなく発揮《はっき》した。一年目は『四書』を、二年目は『五経《ごきょう》』、三年目には『左伝《さでん》』『国語《こくご》』『史記《しき》』『漢書《かんじょ》』などを学んだ。十歳の子供に、現在の大学生でも読めないような『左伝』『国語』『史記』『漢書』などを読ませたこの時代の教育法は、今から思えば随分無茶であるが、ほかの子供たちが二度三度反復しても覚えないところを、鷗外は一度でなんなく覚えたといわれ、その記憶力は幼いころからすでに抜群であった。最優秀の褒賞《ほうしょう》として、一年目に『四書正文《ししょせいもん》』を、二年目に『四書集註《ししょしゅうちゅう》』をもらった。三年目の『五経』をもらう機会を失ったのは、この明治四年の廃藩置県によって、十一月に養老館が閉じられたためである。これは鷗外が十歳の時であった。

養老館で最優秀の褒賞をもらって家に帰ると、祖母清子は神棚に燈明をつけて、儒者としての学力もあった鷗外の祖父綱浄が生きていたらなあと思うのだった。母の峰子は、膝《ひざ》近く鷗外をよんで、次のようにねんごろに諭《さと》したという。

「常の勉強のかいがあつて皆喜んでいます。祖父様も定《さだ》めてお喜びの事と思います。これにつけても、決して慢心《まんしん》してはなりません。今日お褒《ほ》め下すつた方々のお眼鏡ちがいになつては申し訳がありませんから、まだ小さいけれど、此《この》藩でもし一番だといわれるようになつたとて、広い世の中に出ては、誰《だれ》の目にも留《と》まりますまい。浜の真砂《まさご》の数多い中で真玉《しんぎょく》と人に撰《えら》ばれるように、今から心がけてもらいたいと思います。やがてお父様とご一緒に東京へ上つて、諸国の人の中にまじつて、勝《すぐ》れた人となつて、家の名もお国の名も揚《あ》げるようにして下さい。」

こうした賢母峰子の戒《いまし》めと激励の中に、鷗外は早くから努力を強《し》いられ、しかもその期待に充分答える秀才として育って行った。

また、藩校養老館に通学する一方、鷗外は九歳の時から父について、医学のためのオランダ文典（文法の本）の手ほどきを受けた。時代も明治になり、医学では特に漢学万能の時代は去りつつあり、洋学が勃興《ぼっこう》の機運に向かっていたからである。既に古く杉田玄白の時代に蘭学《らんがく》（オランダ医学）が起こり、鷗外の父静男も前に述べたように蘭医であった。父が多忙のために、翌十歳の時には蘭学者室良悦《むろりょうえつ》について学んだ。

本の虫

こうした勉強のほかに、鷗外の読書欲はさらに旺盛《おうせい》であった。使いに出された行き帰りにも本を手から離さなかったし、友達が家におとずれても、本に夢中で相手にならないこともあった。鷗外は『サフラン』という随筆に次のように述べている。

「私は子供の時から本が好《すき》だと云《い》はれた。少年の読む雑誌もなければ、巌谷小波《いわやさざなみ》君のお伽話《とぎばなし》もない時代に生れたので、お祖母《ばあ》さまがおよめ入《いり》の時に持つて来られたと云ふ百人一首やら、お祖父《じい》さまが義太夫を語られた時の記念に残つてゐる浄瑠璃本《じょうるりぼん》やら、謡曲の筋書《すじがき》をした絵本やら、そんなものを有るに任《まか》せて見てゐて、凧《たこ》と云ふものを揚《あ》げない、独楽《こま》と云ふものを廻《まわ》さない。隣家《りんか》の子供との間に何等の心的接触も成り立たない。そこでいよ〳〵本に読み耽《ふけ》つて、器《うつわ》に塵《ちり》の付《つ》くやうに、いろ〳〵の物の名が記憶に残る。そんな風で名を知つて物を知らぬ片羽《かたわ》になつた。大抵の物の名がさうである。」

子供の時から、凧《たこ》も独楽《こま》も無縁の読書三昧《ざんまい》の生活――それが鷗外の全生活であった。まさに進学のテストに明け暮れる現代の学童のような生活であった。これはまた、出入りの人などから贈られた人形など、もてあそびものを好まず、ただ絵のある本だけを相手に常に遊んでいて、草双紙や『源平盛衰記』や『太平記』などに読みふけるのを好んだ母峰子の幼い日と非常によく似ていた。

さらに注目すべきは鷗外の読書傾向である。百人一首、浄瑠璃本、謡曲の筋書きの絵本と、いくら本のない時代とはいいながら、普通の少年なら最初から見向きもしないようなもの、好みそうもないようなものを、鷗外は最初から好悪の感情を持たず熱心に読みふけっている。その客観性というか、旺盛な好奇心、底知れない知識欲、そこに鷗外の膨大《ぼうだい》な学識の秘密があり、鷗外の面目《めんもく》があった。

「それは何の本だ」

「貞丈雑記《ていじょうざつき》（江戸時代に伊勢貞丈が書いた有職故実《ゆうそくこじつ》に関する随筆）だ」

「何が書いてある」

「此辺《このへん》には装束《しょうぞく》（衣服）の事が書いてある」

「そんな物を読んで何にする」

「何にもするのではない」

「それでは詰《つ》まらんぢやないか」

「そんなら、僕なんぞがこんな学校に這入《はい》つて学問をするのも詰まらんぢやないか。官員（役人）になる為《た》めとか、教師になる為めとかいふわけでもあるまい」

「君は卒業しても、官員や教師にはならんのかい」

「そりやあ、なるかも知れない。併《しか》しそれになる為めに学問をするのではない」

「それでは物を知る為めに学問をする、詰《つ》まり学問をする為めに学問をするといふのだな」

「うむ。まあ、さうだ」

「ふむ。君は面白い小僧だ」……………………

「何の子だか知らないが、非道《ひど》い目に合はせてゐるなあ」

「もつと非道いのは支那人だらう。赤子を四角な箱に入れて四角に太らせて見せ物にしたといふ話があるが、そんな事もし兼《か》ねない」

「どうしてそんな話を知つてゐる」

「虞初新誌《くしよしんし》（知名人の筆になる伝記・逸事《いつじ》などを収めた書。清の張汐の撰）にある」

「妙なものを読んでゐるなあ。面白い小僧だ」

後年の小説『ヰタ・セクスアリス』の一節であるが、ここで相手に「面白い小僧だ」としきりに言われている、読書好きな十五歳の学生、これこそ、少し後に東京へ出て、東京医学校の学生となった鷗外の姿である。ここでも鷗外の読んでいるのは、人のあまり読みそうもない『貞丈雑記』であり『虞初新誌』である。

「東門を入つて西門を窮《きわ》め難く、一両門を見て他の九十八九門を遺《のこ》し去る」と木下杢太郎《もくたろう》の言うところの有名な「テエベス百門の大都」鷗外の基礎は、このようにして築かれていった。

書物から実物へ

この幼いころの鷗外の生活を、もう少し鷗外自らに語ってもらおう。

「父は所謂《いわゆる》蘭医である。オランダ語を教へて遣《や》らうと云はれるので、早くから少しづつ習つた。文典と云ふものを読む。それに前後編があつて、前編は語を説明し、後編は文を説明してある。それを読んでゐた時字書《じしよ》を貸して貰《もら》つた。蘭和対訳の二冊物で、大きい厚い和本である。それを引つ繰《く》り返して見てゐるうちに、サフランと云ふ語に撞着《どうちやく》した。まだ植学啓源などと云ふ本の行はれた時代の字書だから、音訳に漢字が当て嵌《は》めてある。今でも其字を記憶してゐるから、ここに書いても好《い》いが、サフランと三字に書いてある初《はじめ》の一字は、所詮《しょせん》活字には有り合せまい。依《よ》つて偏旁《へんぼう》を分《わ》けて説明する。『水』の偏に『自』の字である。次《つぎ》が『夫』の字、又次が『藍』の字である。

『お父つさん。サフラン、草の名としてありますが、どんな草ですか』

『花を取つて干《ほ》して物に色を付ける草だよ。見せて遣《や》らう』

父は薬箪笥《くすりだんす》の抽斗《ひきだし》から、ちぢれたやうな、黒ずんだ物を出して見せた。父も生《なま》の花は見たことがなかつたかも知れない。私にはたま〱名ばかりでなくて物が見られても、干物しか見られなかつた。これが私のサフランを見た初《はじめ》である。」（『サフラン』）

まだ知らないものを知る喜び、飽《あ》くことのない知識欲を、好奇心を満足させることは鷗外にとってこのうえない喜びであった。書物を通してえた知識は、このようにして後に実物への興味に変わった。生きたサフランを見たのは、はるかに後年であったが、知識から実物への真実をあくまで求める、冷静な科学探究者の眼は、このころすでに芽生《めば》えていた。このことは『ヰタ・セクスアリス』の中にもかずかずの例をみることが出来る。

この随筆『サフラン』は、知識から実物へという鷗外の限りなき知識欲を知りうるとともに、鷗外の好奇心、知識欲を満足させることのできる父静男との間に、学問によって固く結びついた、しみじみとした父と子の愛情が感じとれる。いつも表向きは母峰子の影になって見える父と子とのつながりは、意外に深く内面

上京当時の鷗外
（中央に立っているのが鷗外，11歳）

的に結ばれていた。

神童とうたわれた鷗外に、七歳の時、藩の奨学制度を受けるようにとの内命があったが、あまりに年が若く、功をいそぐことを恐れた父はこれを辞退し、翌八歳の時、津和野藩に帰った親戚の西周《にしあまね》からの誘いにも、父静男は鷗外を出すことを承知しなかった。

上京の機会をのばしての森家の系族の愛情と激励の中に、幼い鷗外の頭脳はさらに磨かれていった。

東京へ

「十になつた。お父様が少しづつ英語を教へて下さることになつた。内を東京へ引き越すやうになるかも知れないといふ話がをりをりある。そんな話のある時、聞耳を立てると、お母様が余所《よそ》の人に言ふなと仰《おつし》やる。お父様は、若《も》し東京へでも行くやうになると、余計な物は持つて行かれないから物を選《え》り分けねばならないといふので、よく蔵にはいつて何かして入《い》らつしやる。蔵は下の方には米がはいつてゐて、二階に長持や何かが入れてあつた。お父様のこのお為事《しごと》も、客でもあると、すぐに止《や》めておしまひになる。

何故《なぜ》人に言つては悪いのかと思つて、お母様に問うて見た。お母様は、東京へは皆行きたがつてゐるから、人に言ふのは好《よ》くないと仰《おつし》やつた。……………

十一になつた。お父様が東京へ連れて出て下すつた。お母様は跡《あと》に残つてお出《いで》なすつた。いつも手伝に来る婆あさんが越して来て、一しよにゐるのである。少し立てば、跡から行くといふことであつた。多分家屋敷が売れるまで残つてお出なすつたのであらう。

旧藩の殿様のお邸《やしき》が向島にある。お父様はそこのお長屋のあいてゐるのにはいつて、婆あさんを一人雇《やと》つて、御飯を焚《た》かせて暮らしてお出になる。お父様は毎日出て、晩になつてお帰《かえり》になる。僕の行く学校をも捜《さが》して下さるといふことであつた。」

このように、『キタ・セクスアリス』に鷗外が書いているように、明治五年六月二十六日、十一歳の鷗外は父静男に連れられて故郷津和野を発《た》って、士族仲間の注目と冷眼とに送られながら上京した。学制が発布され、東京・横浜間に初めて鉄道が開通した年であった。祖母につれられて、母と弟と妹が上京して来たのは翌六年六月三十一日で、その間鷗外は父と飯たきの婆あさんと暮らした。

明治の新政府によって藩がなくなり、旧藩主亀井侯が東京に引越したので、鷗外の父静男も親戚の西周のすすめと手づるによって上京したのである。上京するや、南葛飾《かつしか》郡の須崎村と小梅村とにまたがった向島の旧藩主亀井玆監《これみ》の下屋敷（小梅村八七）に住んだ。父は主人亀井侯の侍医《じい》として毎日御機嫌うかがいに出かけるほかは、自宅で一般の患者をも診《み》た。

この年十月から、十一歳の少年鷗外は、父の勧《すす》めによって医科に進学するため、本郷壱岐殿坂《いきでんざか》の進文学舎に入学した。医学に必要なドイツ語を学ぶためであった。家からでは通学に不便なので、神田小川町にあった西周邸《にしあまね》にあずけられ、そこから通うことに決《き》まった。

西家での生活

西家も代々津和野藩の御典医で、森家とは同業の上に親戚関係にあった。西周の父時義は、鷗外の曽祖父周庵の子供であったが、西家に養子に行ったという間がらであった。西周は、早くから蘭学《らんがく》に志して江戸に出、鷗外の生まれた文久二年、津田真道らと日本最初の留学生としてオランダのライデン大学に学び、法律と哲学とを研究して帰国し、維新後の明治新政府の新知識として活発な活動を行ない、『心理学』『百一新論』『百学連環』などの著訳書を発表し、近代学問の開拓者として開成所教授にもなった人である。明六社社員として『明六雑誌』による啓蒙活動も大きな業績であった。また、官僚として、この年四十四歳の西周は、陸軍大丞《たいしょう》、宮内省侍読《じどく》の肩書をもつ高官であった。

「東先生は洋行がへりで、摂生《せっせい》のやかましい人で、盛《さかん》に肉食をせられる外には、別に贅沢《ぜいたく》はせられない。

只《ただ》酒を随分飲まれた。それも役所から帰つて、晩の十時か十一時まで翻訳なんぞをせられて、其跡で飲まれる。奥さんは女丈夫である。今から思へば、当時の大官であの位閨門《けいもん》のをさまつてゐた家は少《すくな》からう。お父様は好《よ》い内に僕を置いて下すつたのである。」

鷗外は『キタ・セクスアリス』にこのように、東先生として西周のことを書いている。しかし、この東先生の描写は半頁にも満たない簡単なもので、鷗外が十五歳まで足かけ五年間も生活して、何を学び何を感じとったかは、未完の自伝的な長編『灰燼《かいじん》』に多く記されている。

「節蔵は田舎で生活費の安いのに、兎角《とかく》足《た》らぬ勝ちで、その日その日を奮闘して渡つて行く家庭から、この idylle（牧歌。平穏な世界）の中へ這入《はい》つて来て、先づ驚き呆《あき》れて、世の中にはこんな気楽な世渡りもあるものかと思つた。そして国にゐる自分の親達が気の毒になつた。…………

節蔵は玄関の向うの、襖《ふすま》で締め切つてある間《ま》に、机を置いて、そこに起伏することを許された。この間《ま》は実際なんの用にも立たない間であつた。玄関を上がつて、此間《このま》を通つて左へ這入《はい》ると、西洋風の装飾をした応接所がある。右へ這入ると、奉公人のゐる所と台所とがある。玄関から真《ま》つ直《すぐ》に此間を通り抜ければ広い廊下で、それを右へ歩いて行くと、左に硝子障子を隔《へだ》てて芝生に小松を植ゑた庭を見ながら、家族の住んでゐる部屋々々に行くことが出来る。こんな風に、勝手口から出入りをする人の外《ほか》は、皆通過する交叉点が、節蔵の居間にせられたのであるが、それでも取次《とりつぎ》に節蔵の使はれることは殆《ほとん》ど無かつた。それは谷田の故郷から出てゐる若い書生の、執事《しつじ》のやうな事をするのが、夜退《ひ》けるまでは奉公人の部屋にゐるて、客を迎へにも立ち、奥の外使《そとづかい》をも勤めてゐたからである。稀《まれ》に奥さんの声で、『山口さん』と呼ばれて、奥へ行つて見ると、菓子を貰《もら》ふ位の事であつた。

節蔵は自分のゐる間と、奉公人部屋との間にある、一間《いつけん》の戸棚を明け渡されて、国から持つて出た、ある丈《だけ》の物をそこに入れて、読み掛けてゐる本や、ノオトブツクの外は、机の上に出してゐない。一寸《ちよつと》外へ出るにも、机の上を綺麗《きれい》に片付《かたづけ》て置いて出ることにしてゐる。戸棚の傍《かたわら》の三尺の口は、奉公人部屋に通じてはゐるが、例の書生が取次に出るときは、勝手の縁側から開き戸を開けて玄関へ出られるやうになつてゐるので、この口からはめつたに人の往来することはなかつた。そこで交叉点になつてゐる割には、うるさく人の通ることが少くて、勉強も出来さうな間である。…………

兎《と》に角《かく》節蔵は一週間ばかりゐるうちに、いつともなく居馴染《いなじ》んで、夜になつて足を蚊《か》に食はれないやうに毛布に包んで、電灯の下で本を読んでゐる時なぞは、なんだかその所を得てゐるやうな気もして来た。」

この小説の主人公山口節蔵が始めて東京に出て来て、谷田の邸《やしき》に落ち着いた部分の描写であるが、山口節蔵は当時の若い鷗外、谷田は西周と見られる。十一歳の少年鷗外は、このような部屋で生活し、読書に明け暮れた。そして、今までの両親との津和野のつつましい生活から、明治の新知識である高官の華やかな気楽な生活に移って、驚異と羨望《せんぼう》とを感じ、秘《ひそ》かに自己に期するところがあった。しかし、鷗外はこの西周を好きになれないようであった。西周の百科全書的な、あらゆるものに趣味をもつディレッタント（好事家）風な性格や、そこから生ずる学風は、鋭い鷗外少年の眼をごまかすことはできなかった。こんな気楽な世渡りもあるものかと思った鷗外少年は、他人の思想の上にあぐらをかき、無邪気に小さい家庭の平和を楽しんでいる西周の姿に、鋭敏な感受性を示し軽蔑を感じたのである。

「あの主人の晩酌《ばんしやく》が此頃次第に神経に障《さわ》つて来た。初《はじめ》に此家へ来た時に、珍らしい平和の畫図《えず》に対したやうに驚きの目を睜《みは》つた、あの晩酌が一日一日と厭《いや》になつて来たのである。主人は役所に出て、その日の業を果して帰つて、曇のない満足の上に、あの酒を澆《そそ》いでゐる。その日まで経過して来た半生の事業、他人の思想に修辞上の文飾を加へた手工的労作を、主人は回顧して毫《すこし》も疚《やま》しいとは思はないで、それにあの酒を手向《たむ》けてゐる。あの晩酌は無智の人の天国である。その天国が詛《のろ》ひたくなつて来たのである。………

或る時奥さんに、主人が問うた。

『どうだね、山口は』

『さやうでございますね。あんなに来たばかりの時から、愛想の好い人ですから、すぐに心安くなるだらうと存じましたが、その割に馴染《なじ》む様子も見えませんことね。あれでは馴々《なれなれ》しくなつて困るやうな事のない代りに、なんでも打ち明けて話せると云ふ風にはならないでせう。まあ、厭《いや》な人ではございませんのね』

『いや。それが結構だ。君子の交《まじわり》は淡きこと水の若《ごと》しと云つてな、余りしつつこくならない方が好いのだ』

『さうでございませうか。あの人学校の方はいかがでございますの。こなひだ聞いて入《い》らつしやるやうでございましたが』

『うん。出来ない性《たち》ではないらしいが、どの学科も揃《そろ》へて遣《や》つて行くことが出来ないのだと、自分で云《い》つてゐた。そんなら何が得意かと云つたら、文章を書くのだと云ふのだ。そこで己《おれ》が漢文を書いて見てはどうだと云つて見た。ところが大しくじりだつたよ』

『まあ。なんと申しましたの』

『なか〳〵旨《うま》い事を言つたよ。わたくしの文章と云ふのは、日本の今の詞《ことば》で書くのです。外国語で書く程《ほど》なら、支那の昔の詞より今のヨオロッパのどの国かの詞で書いた方が増しだと思ひますと云ふのだ。面白い奴《やつ》ぢやないか。己が漢文を書いてゐるのを知つてゐながら、構はずに云ふ所が妙だな』

『でもひどい事を申すぢやございませんか。あなた好《よ》く言つて聞せてお遣《や》りなされば好《よ》いに』

『いや。あれが言ふ事にも一理窟あるて』

主人はかう云つて微笑してゐる。

奥さんは、夫が余り人が好《よ》過ぎると感じた場合には、自分が直接に侮辱せられたと同じやうに、不機嫌になるが、それが長くは続かない。此時もちよいと不機嫌になつて、黙つてゐた。」

要するに、鷗外は西周のあまりに楽天的な人の好いところに反感を感じていた。明治四十二年の津和野小学校の同窓会での講話『混沌《こんとん》』の中に、西周を評して「気のきかない人、すこぶるぼんやりした椋鳥《むくどり》のような人」とあるのと、この『灰燼』の文章は一致している。鷗外には、西周の豪傑肌《はだ》のところがなく、意外に神経質で、凡庸《ぼんよう》さを嫌う鋭敏な感受性があったようである。同郷の先輩であり、恩人に対して鷗外は、「表《おもて》では屈服し、陰に反抗」して、一定の距離をたもっていたと見るべきであろう。それにしても、西周は、不幸な破局をまねいた鷗外の第一の結婚の媒妁人でもあった。この結婚には母峰子の意志が多分に働いていたというが。西周は、明治三十年、鷗外三十六歳の時に死去し、鷗外は遺族に頼まれて翌三十一年『西周伝』を書くことになる。

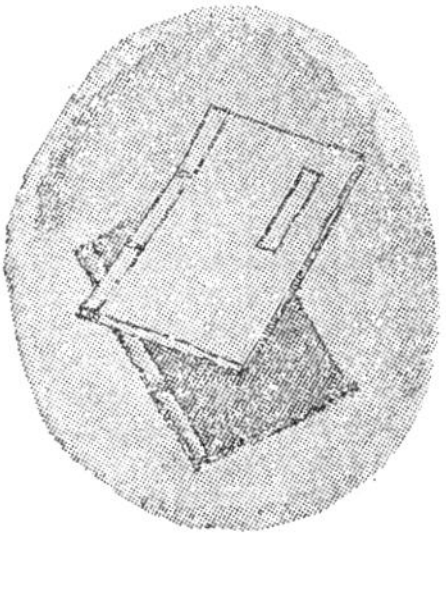

十三歳の医学生

東京医学校に入学

鷗外は明治七年一月、十三歳の若さで、下谷《したや》和泉橋《いずみばし》旧藤堂邸にあった東京医学校予科に入学した。東京医学校は、三年後に東京開成学校と合併《がっぺい》して東京大学となり、その医学部になった学校である。入学年齢は十四歳から十九歳までと定められていて、十三歳では若すぎて入学資格がないので、鷗外は年齢を二歳増して万延元年（一八六〇）生まれと願書に書いて提出し、首尾よく入学出来たのである。

鷗外が十四歳になった翌八年四月、父は向島《むこうじま》曳舟《ひきふね》通り（小梅村二ノ三七）の家を買って、一家はそこに移った。二百余坪の地所に、三十坪ほどの風雅な趣《おもむき》のある藁《わら》屋根の家で、立派な木や石があって、庭道楽な父が大いに気に入ったのである。

このころの鷗外の向島での友達は、伊藤孫一という同年配の少年であった。伊藤は鷗外と同じく津和野藩の医者の息子である。この少年は『ヰタ・セクスアリス』に尾藤裔一《びとうえいいち》という名前で登場する。

「裔一《えいいち》は平べつたい顔の黄いろ味を帯びた、しんねりむつつりした少年で、漢学が好《よ》く出来る。菊池三渓を贔負《ひいき》にして居る。僕は裔一に借りて、晴雪楼詩鈔《せいせつろうししょう》を読む。本朝虞初新誌《ほんちょうぐしょしんし》を読む。それから三渓のものが出るからといふので、僕も浅草へ行つて、花月新誌《かげつしんし》を買つて来て読む。二人で詩を作つて見る。漢文の小品を書いて見る。先づそんなことをして遊ぶのである。」

鷗外はこの漢学好きな少年の影響で、中国の小説『剪燈余話《せんとうよわ》』『燕山外史《えんざんがいし》』『情史』なども読み、漢詩・漢文を作ることに熱中した。それがこうじて、本当の漢文の先生についてやってみたいと思い、翌十五歳の夏休みには、近くの漢学者依田《よだ》学海に漢文を直してもらいに通ったりした。

寄宿舎の生活

鷗外が十五歳になった明治九年十二月、東京医学校は下谷から本郷本富士町の旧加賀屋敷内に新築移転した。この時から鷗外は付属の寄宿舎に入った。同時に官費生に選ばれ、授業料は免除された。

「僕は寄宿舎ずまひになつた。生徒は十六七位なのが極《ご》若いので、多くは二十代である。服装は殆《ほとん》ど皆小《こ》倉《くら》の袴《はかま》に紺足袋《こんたび》である。袖《そで》は肩の辺までたくし上げてゐないと、惰《だ》弱だといはれる。

寄宿舎には貸本屋の出入《でいり》が許してある。僕は貸本屋の常得意であつた。馬琴《ばきん》を読む。京伝《きょうでん》を読む。人が春水《しゅんすい》を借りて読んでゐるので、又借《またがり》をして読むこともある。自分が梅暦《うめごよみ》の丹治郎のやうであつて、お蝶のやうな娘に慕《した》はれたら、愉快だらうといふやうな心持が、始《はじめ》て此頃萌《きざ》した。それと同時に、同じ小倉袴紺足袋の仲間にも、色の白い目鼻立の好い生徒があるので、自分の醜《しゅう》男子なることを知つて、所詮《しょせん》女には好かれないだらうと思つた。此頃から後は、此考《このかんがえ》が永遠に僕の意識の底に潜伏してゐて、僕に充分の得意といふことを感ぜさせない。そこへ年齢の不足といふことが加勢して、何事をするにも、友達に暴力で圧せられるので、僕は陽《ひなた》に屈服して陰《かげ》に反抗するといふ態度になつた。兵家Clausewitz《クラウゼウィッツ》は受動的抵抗を弱国の応《まさ》に取るべき手段だと云つて居る。僕は先天的失恋者で、境遇上の弱者であつた。」

『キタ・セクスアリス』にこのように書いているように、寄宿舎での鷗外もあいかわらず読書に専念していた。そして一方では、自分みたいな醜い男は女には好かれまいというような青春の悩みをかかえていた。『キタ・セクスアリス』では、鷗外はこの時十三歳のこととして書かれているので、ここに十六七位のごく若い生徒と出てくるものでも、実際には十八九歳であって、鷗外はとびぬけて若かったのである。それだけに友達に乱暴され、いじめられることも多かったにちがいない。三つも四つも年上の生徒に暴力で向われてはとても勝ち目はない。ひそかに短刀を握りしめたこともあった。しかし、短刀などを握るのは、ほんのその場のがれの姑息《こそく》な手段にしか過ぎない。境遇上の弱者としての鷗外は、「陽《ひなた》に屈服し、陰に反抗する」という態度をこうした環境の中で身につけていったのである。土曜日の放課後や夏休みが始まると、さっそく向島の家に帰って寄宿舎での嫌なことを父に話した。そうすると父は、「うむ。そんな奴がいる。これからは気をつけんといかん」などと言って平気でいる。そこで鷗外は、これも嘗《な》めなければならない辛酸《しんさん》の一つであったのかと自分に言いきかせるのだった。

三角同盟

このころ寄宿舎の鷗外には、賀古鶴所《かこつるど》と緒方収二郎《おがたしゅうじろう》という二人の親友ができた。賀古は頬《ほほ》骨の張った、四角な赤ら顔の大男であったが、緒方は錦絵の光源氏のような、すきとおるように色が白い貴公子で、あだ名を青大将といった。賀古と緒方は、二人とも親孝行な点でよく似ていて、気があっていた。鷗外は賀古と親しくなり、賀古を通じて緒方とも心安くなり、ここに三角同盟といわれる親友のグループが成立した。三人はいつも行動を共にし、向島やその後の千住の鷗外の家に一緒に来て泊っていったりもするほど仲が良かった。

賀古鶴所

賀古鶴所は、鷗外の一生の親友で、終生真実の親戚以上の交際を続けた人間であった。鷗外と賀古の二人が親しくなったのは、たまたま寄宿舎の部屋が一緒になったためであった。この間の事情を鷗外は『ヰタ・セクスアリス』の中に書いているので引いてみよう。

「古賀は本も何も載《の》せてない破机《やぶれつくえ》の前に、鼠色になつた古毛布を敷いて、その上に胡座《あぐら》をかいて、ぢつと僕を見てゐる。大きな顔の割に、小さい、真円《まんまる》な目には喜《よろこび》の色が溢《あふ》れてゐる。

『僕をこはがつて逃げ廻つてゐた癖《くせ》に、とうとう僕の処へ来たな。はゝゝゝ』

彼は破顔一笑した。彼の顔はおどけたやうな、妙な顔である。どうも悪い奴らしくはない。

『割り当てられたから為方《しかた》がない』

随分無愛想な返事である。

『君は僕を逸見と同じやうに思つてゐるな。僕はそんな人間ぢやあない』

僕は黙つて自分の席を整頓《せいとん》し始めた。……僕はノオトブックと参考書とを同じ順序にシエルフに立てた。黒と赤とのインキを瓶のひつくり反《かえ》らない用心に、菓子箱のあいたのに、並べて入れたのに、ペンを添へて、机の向うの方に置いた。大きい吸取紙を広げて、机の前の方に置いた。其左に厚い表紙の付いてゐる手帖を二冊累《かさ》ねて置いた。一冊は日記で、寝る前に日々の記事をきちんと締め切るのである。一冊は学科に関係のない事件の備忘録で、表題には生利《なまぎき》にも紺珠《かんじゅ》といふ二字がペンで篆書《てんしょ》に書いてある。それから机の下に忍ばせたのは、貞丈雑記が十冊ばかりであつた。その頃の貸本屋の持つてゐた最も高尚なものは、こんな風な随筆類で、僕のやうに馬琴京伝の小説を卒業すると、随筆読《よみ》になるより外ないのである。こんな物の中から何かしら見出しては、例の紺珠に書き留めるのである。

古賀はにやりにやり笑つて僕のする事を見てゐたが、貞丈雑記を机の下に忍ばせるのを見て、かう云つた。

『それは何の本だ』

＜………前出中略………＞

『うむ。君は面白い小僧だ』

僕は憤然とした。人と始《はじ》めて話をして、おしまひに面白い小僧だは、結末が余り振つてゐ過ぎる。僕は例の倒三角形の目で相手を睨《にら》んだ。古賀は平気でにやりにやり笑つてゐる。僕は拍手抜《ひようし》けがして、この無邪気な大男を憎むことを得なかつた。」

ここに古賀として出てくる人物が、賀古鶴所である。賀古と同室に決まって、ライオンの洞窟に入るようなつもりで、びくびくと引っ越して行った鷗外は、賀古と一生の親友となったのである。その日の夕方、賀古は鷗外を散歩に誘い、うなぎを御馳走《ごちそう》してくれた。寝るとき、「明日《あした》の朝は起してくれえ、頼むぞ」というと、ぐうぐう寝てしまった。

「朝は四時頃から外があかるくなる。僕は六時に起きる。顔を洗つて来て本を見てゐる。七時に賄《まかない》の拍子木が鳴る。古賀を起す。古賀は眠むさうに目を開《あ》く。

『何時だ』

『七時だ』

『まだ早い』

古賀はくるりと寝返りをして、ぐうぐう寝る。僕は飯を食つて来る。三十分になる。八時には日課が始まるのである。古賀を起す。

『何時だ』

『七時三十分だ』

『まだ早い』

十五分前になる。僕は前晩に時間表を見て揃《そろ》へて置いたノオトブックとインクとを持つて出掛けて、古賀を起す。

『何時だ』

『十五分前だ』

古賀は黙つて跳《は》ね起きる。紙と手拭とを持つて飛び出す。これから雪隠《せっちん》に往《い》つて、顔を洗つて、飯を食つて、教場へ駈《か》け付けるのである。」

賀古の平常の生活は『キタ・セクスアリス』にこう書かれている。こんな賀古のところに時々、賀古の友達の緒方が遊びに来て、鷗外とも親しくなり、三角同盟となったのである。緒方は『キタ・セクスアリス』には児島として出てくる。

「古賀と児島と僕との三人は、寄宿舎全体を白眼に見てゐる。暇さへあれば三人集まる。平生性欲の獣を放し飼《がい》にしてゐる生徒は、此 triumviri《ツリウムヴイリ》（三頭政治）の前では寸毫《すんごう》も假借《かしやく》せられない。中にも、土曜日の午後に白足袋を穿《は》いて外出するやうな連中は、人間ではないやうに言はれる。僕の性欲的生活が繰延《くりのべ》になつたのは、全く此三角同盟のお蔭である。後になつて考へて見れば、若し此同盟に古賀がゐなかつたら、此同盟は陰気な、貧血性な物になつたのかも知れない。幸《さいわい》に荒日《あれび》を持つてゐる古賀が加はつてゐたので、互に制裁を加へてゐる中にも、活気を失はないでゐることを得たのであらう。

或る土曜の事である。三人で吉原を見に行かうといふことになる。古賀が案内に立つ。三人共小倉袴に紺足袋で、朴歯《ほおば》の下駄をがらつかせて出る。上野の山から根岸を抜けて、通新町《とおりしんまち》を右へ折れる。お歯黒溝《はぐろどぶ》の側を大門《おおもん》に廻る。吉原を縦横に濶歩《かっぽ》する。軟派の生徒で出くはした奴は災難だ。白足袋がこそこそと横町に曲るのを見送つて、三人一度にどつと笑ふのである。僕は分《わか》れて、今戸《いまど》の渡《わたし》を向島へ渡つた。」

鷗外が十六歳になった明治十年四月、東京医学校が東京開成学校と合併し、東京大学医学部と改称され、鷗外はその本科生になった。

学生生活

このころの鷗外は、賀古や緒方と毎晩のように寄席《よせ》に行った。一時は寄席に行かないと寝つかれないようになるほどであった。講談にあきて落語を聞く、落語にあきて娘義太夫を聞くというふうで、寄席の帰りに腹をすかしてそば屋に入ると、遊客の客引きが夜鷹《よたか》を大勢連れて来ていて思わず恐ろしくなったこともあった。この寄席通いは学生時代だけでなく、留学のころまで続いた。

貸本屋や友達に借りての読書、古本屋歩き、漢詩漢文の作成、三角同盟、寄席通いという寄宿舎生活を送りながら、鷗外は年上の同輩たちが苦とする学業の日課も少しも苦にはならなかった。『キタ・セクスアリス』に次のように述べられている。

「僕は子供の時から物を散らかして置くといふことが大嫌《だいきらい》である。学校にはいつてからは、学科用のものと外のものとを選《よ》り分けてきちんとして置く。此頃になつては、僕のノオトブックの数は大変なもので、丁度外《ほか》の人の倍はある。その訳《わけ》は一学科毎に二冊あつて、しかもそれを皆教場に持つて出て、重要な事と、只《ただ》参考になると思ふ事とを、聴きながら選り分けて、開いて畳《かさ》ねてある二冊へ、ペンで書く。その代り、外の生徒のやうに、寄宿舎に帰つてから清書をすることはない。寄宿舎では、其日の講義のうちにあつた術語丈《だけ》を希臘《ギリシア》拉甸《ラテン》の語原を調べて、赤インキでペエジの縁《ふち》に注して置く。教場の外での為事《しごと》は殆《ほとん》どそれ切《きり》である。人が術語が覚えにくくて困るといふと、僕は可笑《おか》しくて溜《た》まらない。何故語原を調べずに、器械的に覚えようとするのだと云ひたくなる。」

東京大学医学生時代の鷗外

このように鷗外は、講義をノートするのが人一倍早くしかも正確であった。また、先生がドイツ語でした講義を、すぐに漢文に訳してノートしたというのであるから、鷗外の記憶力というものがいかにすぐれたものであったかがわかる。その場で二冊に選り分けて書くことも、こうした鷗外には朝飯前であったのだろう。こうして試験の時でも、鷗外はほかの学生のようにノートにかじりついていないで、さっさとノートを読み終わるとゆうゆうとして小説などを読んでいた。それでいて、鷗外は同級生三十名中で一番年が若いのに、いつも四五番の成績のところにいたのである。

鷗外十八歳の明治十二年六月十七日、南足立郡郡医となっていた父が、その郡医出張所にされていた千住北組十四の岡田紋治郎の持ち家に引っ越して、橘井堂医院を開いた。代診二人、薬局生一人を置くほどの繁盛であった。

初恋

鷗外は土曜日になると千住の家に帰って、日曜日の晩に寄宿舎に帰っていたが、このころ自分を先天的な失恋者と考えていた鷗外にも、ほのかな初恋のめばえがあった。千住の家へ帰るたびに通新町《とおりしんまち》を通るが、吉原の方へ曲がる角《かど》の北側の古道具屋、そこのいつも半分締めてある障子に「秋貞《あきさだ》」と書かれた家の娘がそれであった。

「小菅《こすげ》へ行く度《たび》に、往《いき》にも反《かえり》にも僕は此障子の前を通るのを楽《たのしみ》にしてゐた。そして此障子の口に娘が立つてゐると、僕は一週間の間何となく満足してゐる。娘がゐないと、僕は一週間の間何となく物足らない感

不忍の池

じをしてゐる。

此娘はそれ程稀《まれ》な美人といふのではないかも知れない。只《ただ》薄紅《うすくれない》の顔がつやつやと露が垂《したた》るやうで、ぱつちりした目に形容の出来ない愛敬がある。洗髪を島田に結《ゆ》つてゐて、赤い物なぞは掛けない。夏は派手な浴衣《ゆかた》を着てゐる。冬は半衿《はんえり》の掛《か》かつた銘撰《めいせん》か何かを着てゐる。いつも新しい前掛をしてゐるのである。

僕は此頃から、ずつと後に大学を卒業するまで、いや、さうではない、それから二年目に洋行するまで、此娘を僕の美しい夢の主人公にしてゐたに相違ない。春のなまめかしい自然でも、秋の物寂しい自然でも、僕の情緒を動かすことがあると、ふいと秋貞といふ名が脣《くちびる》に上る。実に馬鹿らしい訣《わけ》である。何故といふのに、秋貞といふのは其店に折々見える、紺の前掛をした、瘦《や》せこけた爺《じい》さんの屋号と名前の頭字とに過ぎないのである。此娘は何といふ娘だといふことをも僕は知らないのである。併《しか》し不思議と云へば不思議である。僕が顔を覚えてから足掛五年の間、此娘は娘でゐる。僕の空想の中に娘でゐるのは不思議ではないが、此娘が実在の娘でゐるのは不思議である。僕は例の美しい夢の中で、若しや此娘は、僕が小菅へ往復する人力車を留めて、話をし掛けるのを待つてゐるのではあるまいかとさへ思つたこともある。併しまさか現《うつつ》の意識でそれを信ずる程の詩人にもなれなかつた。余程年が立つてから、僕は偶然此娘の正体を聞いた。此娘はぢきあの近所の寺の住職が為送《しおくり》をしてゐたのであつた。」

『ヰタ・セクスアリス』の中に出てくるこの名前も知らない「秋貞」の娘は、足かけ五年間にわたって鷗外の美しい夢の主人公であった。春のなまめかしさ、秋のものさびしさに情緒を動かされると、ふと「秋貞」という名が唇にのぼってくる。夢の中で、娘が自分の乗った人力車を止めて、話しかけるのを待っているようにさえ思う。こうした鷗外の青春の美しい夢の主人公も、実は近所の住職がかこっていた妾《めかけ》であった。この「秋貞」の娘は、鷗外後年の名作『雁』の主人公お玉の原型である。このような鷗外の初恋の思い出が『雁』を描くモチーフ（動機）になったようである。

下宿屋上条《かみじょう》

翌明治十三年、十九歳になった鷗外は、寄宿舎を出て、本郷竜岡町にあった下宿屋、上条に移った。別に病床につくほどのことはなかったが、軽い肋膜炎を病《や》んだためである。祖母清子が同居して、堅い御飯を蒸《む》したり煮《に》たりしたほか、賄《まかな》いのお菜にもいろいろと気をくばった。家からも時々、千住の川魚や鰻《うなぎ》の蒲焼きなどを車で届けて、鷗外の栄養には充分気をつけた。

上条は、明治九年柳原から医学校について来た下宿屋で、年とった主婦が帳場にすわっていて、無邪気な若い娘ばかりが通《かよ》って面倒をみるので評判が良かった。二階建てで真中から左よりに入口があって、左右に廊下が続き、その廊下の左は庭で、右に部屋が並んでおり、三つ目のはずれの間が鷗外の部屋であった。その部屋は八畳で、窓からは大学の鉄門が見え、首をのばせばそのころ珍しかった時計台は真正面であった。下宿人はたいてい学生なので、昼間は皆留守で静かだった。その中で祖母は家から持って来た裁縫を熱心にしていた。

上条を出て、上野不忍池の方に向かって右へ行くと、まもなく大学の境《さかい》を離れて無縁坂であった。坂の下り口の左側に小店や小家の並んでいる中に、きれいな家が一軒あるのは妾宅《しょうたく》だといわれ、化粧した美しい女が、いつも窓から外を眺めているという学生の噂であった。上条での生活を背景にして、そこに住む医学生岡田を主人公に、無縁坂の妾宅にかこわれた美しいお玉を配して、先の自らの初恋の思い出を描いたのが、鷗外の名作『雁』である。それは自らの上条での生活をモデルにした、自らのむくわれぬ恋の物語であった。

明治十四年三月、鷗外の卒業試験の最中に上条から出火があり、鷗外はノートの大部分を焼いた。しかし、幸いにたいしたこともなく、七月九日、鷗外は東京大学医学部を大学始まって以来の二十歳という若さで卒業したのである。鷗外につぐ若年者は、島田完吾の二十三歳で、ほかの者はほとんど二十五歳以上であったから、鷗外がいかに若かったかがわかろう。新医学士二十八名中、成績は八番であった。卒業をひかえ

東京大学医学部卒業記念
(左から、佐藤佐、鷗外、小池正直、片山芳林)

て肋膜炎になったり、試験中にノートを焼いたり、文学に傾倒したりしたことが、実力ほどには成績の良くなかった原因であろう。また、講義を漢文で筆記していたので気持ちを害したと伝えられる、外科担当のドイツ人教師シュルツににらまれたこともあったらしい。シュルツは鷗外らが卒業試験を受けた後、明治十四年四月に解任されて帰国した。陸軍にあって鷗外に先んじて医務局長になった小池正直は二十七歳で九番、親友賀古は二十六歳で二十一番の成績であった。

緒方収二郎は病気のため卒業試験を一年のばしたが、卒業の宴会が上野の松源という料理屋であった時、下谷第一といわれる美しい芸者の持って来てくれたきんとんを、その女の前でゆっくり食べていたという語り草を作った。卒業後ほどなく緒方は大阪に帰った。

父静男は、この年十月、金町に橘井堂医院の出張所を開設した。前にも述べたように郡医という一種の社会保険医ではあったが、このように繁盛したのは、やはり母峰子の力があずかっていた。父が千住の医院を閉じるのは、本郷区駒込千駄木町二十一番地に移った明治二十五年のことである。

陸軍病院勤務　明治十四年七月九日、大学の卒業証書を与えられ医学士となった鷗外は、さらに衛生学の勉強を続けたかったが、師とする者もいなかったし、第一に家庭の事情がそれを許さなかった。鷗外は『カズイスチカ』に書かれているように父の開業の手伝いをしたりしながら、文部省の留学生として洋行することを運動した。しかし、これもうまく行かず断念せざるを得なかった。

こうした中で両親の意向は、鷗外を陸軍に入れて軍医にすることであった。開業医の息子として、一介《いっかい》の開業医に甘んじることを、森家の将来を背負った長男にさせることはできなかった。卒業者の中ではすでに、伊部彝・小池正直・菊地常三郎・谷口謙・賀古鶴所・江口襄が陸軍入りを決定していた。卒業成績は伊部を除いてはみな鷗外よりも下であったが、陸軍が鷗外の軍医採用をためらったのは、鷗外がほかの者と違って陸軍の給費生でなかったためと、年齢が軍医として若過ぎたためであろう。

かくして、鷗外はこの年の暮れも近い十二月十六日、待望の陸軍軍医副《ふく》に任ぜられ、東京陸軍病院勤務を命じられた。小金井喜美子はこの時の一家の喜びを『森鷗外の系族』の中に次のように記している。

「陸軍へお出になるときまつてから、新しい軍服や附属品が次々に届くのが皆の気分を明るくしました。

金銀のモオルの附いた礼服はきらきらと綺麗《きれい》でした。初めて拡《ひろ》げて見た時、『なかなか目方のあるものだね』お祖母《ば》あ様は珍らしさうに袖を持ち上げて仰《おつ》しやいました。……お父ぅ様はすつかりお喜びで、人力車を一台新しくこしらへさせ、それも光るのは卑しいと艶消《つやけし》に塗《ぬ》らせ、背を張る切地《きれじ》の色を選んだものでした。前からお父ぅ様の往診にお出での為《た》めに車があつて、車夫も一人置いてありましたし、邸の片隅に車小屋もあつたのですけれど、其時取り拡げて車を二台入れるやうにし、車夫は通ひにしたのでした。今まで往診の多い時には、一人の車夫では疲れるので、車宿から来て居たのです。

お兄い様の服が出来ると一所に車夫の仕度も新調です。紺の半被《はつぴ》、股引、腹掛、それから饅頭笠《まんじゆうがさ》とでも云ひますか、其頃郵便脚夫の被《かぶ》つたやうなので、やはり紺の切れが張つてありました。足袋《たび》もゴム底などある筈はありませんから、厚い刺子《さしこ》でした。毎朝それを著《つ》けてお供をするのです。……

お出かけの時は家内中揃《そろ》つて見送ります。……夕方車夫の掛声勇ましく『お帰り』といつて車の音がひびきますと、弟を真先に誰れも誰れも駆け出します。お父ぅ様のも『お帰り』と車夫が云ひますけれど、どうも其調子に活気が無いとお母あ様はお笑ひでした。」

鷗外が陸軍に入り、森家一族の期待の第一歩が実現されたのである。金モオルの軍服を着て、新調された車に乗って、一家の喜びを受けて出かける二十歳の鷗外、そこにいかに一族の夢と期待とがかけられていたかがわかる。

鷗外は翌年五月、軍医本部づきとなって、プロシアの陸軍衛生制度の取り調べを命じられ、一年足らずで

『医政全書稿本』十二巻を編《あ》んだ。明治十六年五月には、軍医の名称が変更され、鷗外は陸軍二等軍医となった。

ドイツに留学

ベルリンへ

明治十七年六月十七日、二十三歳の若い鷗外は、ドイツの陸軍衛生制度を調べることと、衛生学を修めるために、ドイツに留学を命ぜられた。陸軍衛生部からの官費留学生は、明治五年に橋本綱常らがいたが、東京大学医学部卒業生の中からの官費留学生は鷗外が始めてであった。

八月二十三日午後六時、鷗外は東京を汽車でたって横浜に泊り、翌二十四日午前九時、フランスの汽船メンザレー号に乗って横浜を出帆《しゅっぱん》した。同じ船には、行政学の穂積八束《ほずみやつか》、法律学の宮崎道三郎・物理学の田中正平ら九名が乗って留学の途に上った。十月七日、船はフランスのマルセイユに入港し、ここから汽車で十一日の午後八時半、鷗外は目的地ベルリンに着いた。この往路《おうろ》のことは漢文体の『航西日記』に記されている。

この日から、鷗外の卒業以来の夢であったドイツでの生活が始まった。「喜ばざらんと欲しても得べからず」と鷗外は、先のベルリンまでの紀行日記『航西日記』の第一ページ、八月二十三日の項に書いている。後の作品『妄想《もうそう》』にも、みずみずしい心を持ち、ふるい立つ意気ごみに胸をふくらませた当時の鷗外の姿がこう書かれている。

「自分がまだ二十代で、全く処女のやうな官能を以《もつ》て、外界のあらゆる出来事に反応して、内には嘗《かつ》て挫《ざ》折《せつ》したことのない力を蓄《たくわ》へてゐた時の事であつた。自分は伯林《ベルリン》にゐた。」

鷗外にとって、このドイツでの生活は、かれの生涯に決定的な影響を与えたものであった。

ドイツ留学時代の鷗外
（左端が鷗外）

鷗外の到着よりも先に、大山巌《いわお》陸軍卿《きょう》は三浦梧楼《ごろう》・野津道貫・川上操六《そうろく》・桂《かつら》太郎・橋本綱常という陸軍の俊秀《しゅんしゅう》を随員として欧州巡遊の途《と》にあり、この時はベルリンにいた。鷗外はベルリンに着いた翌十月十二日、軍医監で東京陸軍病院長であった橋本綱常を訪ねたが、橋本軍医監は「頭が地面をつくような日本風のお辞儀をするものではない」と開口一番注意をした。その後、日本公使館やカイゼルホオフに公使や陸軍卿を紹介するために連れて行ってくれたが、あいにく二人とも不在だったので、自分のホテルにともなって昼飯をすすめながら、「制度の方は別人に調べさせるから、専心衛生学を研究せよ」と鷗外に語った。

日本公使館

十三日、鷗外は橋本軍医監にみちびかれて大山陸軍卿に面会した。背の高い、色黒の痘痕《あばた》のある人で、声はたいそう優《やさ》しく女のようであった。この日また鷗外は辻馬車に乗って、フオス町七番地にあった日本公使館へ出かけた。

「帝国日本の公使館といふのだから、少くも一本立《だち》の家で、塀《へい》もあるだらう、門もあるだらうなどと想像してゐたところが往《い》つて見ると大違《ちがい》である。スウテレン（地下室）には靴屋の看板が掛《か》かつてゐる。その上がパルテル（地上層）である。戸口に個人の表札が打ち附けてある。今一つ階段を上る。そこが公使館であった。這入《はい》つて見れば狭くはない。却《かえ》つて広過ぎて、がらんとしてゐるといふやうな感じのする住ひであつた。

若い外交官なのだらう。モオニングを着た男が応接する。椋鳥《むくどり》（田舎者）は見慣れてゐるのではあらうが、なんにしろ舞踏の稽古《けいこ》をした人間とばかり交際してゐて、国から出たばかりの人間を見ると、お辞儀のしやうからして変だから、好《よ》い心持はしないに違ない。なんだか穢《きたな》い物を扱《あつか》ふやうに扱ふのが、こつちにも知れる。名刺を受け取つて奥の方へ往《い》つて、暫《しば》らくして出て来た。

『公使がお逢《あい》になりますから、こちらへ』

僕は付いて行つた。モオニングの男が或《あ》る部屋の戸をこつこつと叩く。

『ヘライン（おはいり）』

恐ろしいバスの声が戸の内から響く。モオニングの男は戸の握りに手を掛けて開く。一歩下《さが》つて、僕に手真似で這入《はい》れと相図《あいず》をする。僕が這入ると、跡《あと》から戸を締めて、自分は詰所《つめしょ》に帰つた。

大きな室である。様式はルネッサンスである。僕は大きな為事机《しごとづくえ》の前に立つて、当時の公使 S.A. 閣下と向き合つた。公使は肘《ひじ》を持たせるやうに出来てゐる大きな椅子に、ゆつたりと掛けてゐる。日本人にしては、かなり大男である。色の真黒な長顔の額が、深く左右に抜け上がつてゐる。胡麻塩《ごましお》の頬髯《ほおひげ》が一握程《ひとにぎりほど》垂れてゐる。独逸《ドイツ》婦人を奥さんにしてをられるといふことだから、所謂《いわゆる》ハイカラアの人だらうと思つたところが、大当違《おおあてちがい》で、頗《すこぶ》る蛮風《ばんぷう》のある先生である。突然この大きな机の前の大きな人物の前に出て、椋鳥の心の臓《ぞう》は、斂《おさ》めたる翼《つばさ》の下で鼓動《こどう》の速度を加へたのである。

『旧藩主の伯爵《はくしゃく》が、閣下にお目に掛つたら、宜《よろ》しく申上げるやうにと、申す事でございました』

『うむ。伯爵も近い内に来られるといふではないか』

『さやうでございます。何《いず》れお世話にならなければならんと申されました』

『君は何をしに来た』

『衛生学を修めて来いといふことでございます』

『なに衛生学だ。馬鹿な事をいひ付けたものだ。足の親指と二番目の指との間に縄《なわ》を挾《はさ》んで歩いてゐて、人の前で鼻糞《はなくそ》をほじる国民に衛生も何もあるものか。まあ、学問は大概《たいがい》にして、ちつと欧羅巴《ヨーロッパ》人がどんな生活をしてゐるか、見て行くが宜《よろ》しい』

『はい』

僕は一汗《ひとあせ》かいて引き下つた。」(『大発見』)

このS.A.閣下は、明治七年九月から十八年十二月外務大輔《たいふ》に転ずるまで、特命全権公使であつた青木周蔵である。容貌魁偉《かいい》で鬚《ひげ》の多い人であった。青木公使は鷗外に、「学問とは書を読むのみをいうのではない。欧州人の思想はいかに、その生活はいかに、その礼儀はいかに、これをさへ善く観《み》れば、洋行の手柄《てがら》は充分である」といった。

十四日、再び鷗外は橋本軍医監を訪れて、衛生学を修める順序をたずねたところ、先《ま》ずライプチヒのホフマンを師とし、次にミュンヘンでペッテンコオフエルを師とし、最後にベルリンのコッホを師とするようにと指示された。それならすぐにライプチヒへ行こうと言ったが、大山陸軍卿のベルリン出発を送ってからにするようにと留《と》められた。

ライプチヒで

二十日、鷗外は陸軍卿一行の出発を見送り、二十二日午後二時半ベルリンを発って、五時三十五分ライプチヒに着き、翌日ホフマン教授を訪い、府の東北端タアルのウオールという未亡人の家の一室を借りた。日本の二階にあたるところである。二十四日からライプチヒ大学の衛生部に通う日課が始まった。大学から帰れば、英語の家庭教師が待っていた。夜はドイツ文学を読むことに定《き》めた。このライプチヒで鷗外は、かねて日本にいたころから研究していた『日本兵食論』を、翌年の十月までかかって完成した。

翌明治十八年五月二十七日、鷗外は陸軍一等軍医（大尉に当たる）になり、その辞令を七月十五日に受け取った。学校は夏休みに入り、多くの人は避暑に出かけたが、鷗外は下宿に残った。本棚には買い集めた洋書がすでに百七十冊もある。ギリシャ劇からフランスの小説、ダンテの『神曲』、ゲーテ全集など、手当たり次第に読んでいると、その楽しさは言いようがない。「誰か来《きた》りて余《よ》が楽《たのしみ》を分《わか》つ者ぞ」と、鷗外は大満悦《まんえつ》であった。避暑に出かけなかったのは、その少し前に豪華な顕微鏡を思いきって買って余裕がなかったのと、ドイツ第十二軍団の秋の演習に加わって見学したいと思ったからである。

八月二十七日、鷗外はドイツ第十二軍団の秋の演習に参加の許可を得て、マッヘルン、トレプゼン、ネルハウ、ブリヨオゼン、ラアゲヴィッツ、カンネヴィッツ、ガステヴィッツ、ドヨオベン、ワアゲルヴィッツなどに交戦あるいは野営し、九月十二日演習を終え、同日夕刻ライプチヒに帰った。その間の九月五日、鷗外は自分の属した大隊の大隊長と一緒に、ドヨオベンの古城に泊《とま》った。城主は六十歳の老伯爵で、六人の娘があった。その中のイイダ姫は、目のさめるような美人であった。この姫に鷗外は、翌年の二月、ドレスデンの宮中舞踏会の席で思いがけず再会した。姫はいつのまにか、王宮の女官になっていたのである。この不思議なめぐり会いをもとに、鷗外は後に日本へ帰ってから『文づかひ』という題の小説を書いた。

十月十日、『日本兵食論大意』を作って石黒軍医監の許《もと》に提出した鷗外は、翌十一日夕刻、汽車でライプチヒを発って、軍医講習会参加のためドレスデンにおもむいた。これ以後翌十九年三月六日まで、鷗外はここでザクセン軍医監ロオトについて軍隊衛生学の研究に従事したのである。

ドレスデンで

十一月十九日、ドレスデン衛生病院で開かれた衛生将校会で、鷗外は客員として『日本陸軍衛生部の編制』の題で演説した。明治十九年一月一日午後二時、鷗外は年賀のため王宮に行き、八時三十分祝賀会に列するため再び王宮に行った。そのありさまは、小説『文づかひ』にそのまま写されている。一月二十九日の夜、地学協会の招きに応じて、これまでにまとめた『日本家屋論』をドイツ語で講演した。日本人がこの地でドイツ語で公開演説をしたのは、これが最初であった。この中には、鷗外の父の千住の家の見取り図もあった。

三月六日夜、地学協会の年祭に招かれて出席した。その時、長い間日本に雇《やと》われて旭日章を受けて帰ったナウマンという地質学者が、日本の地勢・風俗・政治・技芸などについて演説したが、日本人は文化的に低い民族であって、ヨーロッパ人のような高い文化を生み出すことはできない、という意味のことを述べた。これを聞きながら鷗外は、せっかくの御馳走ものどを通らないくらい不愉快になった。しかし、式場演説は反駁《はんばく》を許さないので、わずかに後の卓上演説《テーブルスピーチ》中の仏教に関する誤りを反駁して不平を慰めた。鷗外のこの演説は一同の賞讃するところとなり、反駁した所はわずかであっても、一同をして他の議論の多くもこのように誤りに満ちていると思わせたほどで、ナウマンの日本形勢論を反駁したのも同じであった。

ドレスデン、ライプチヒに居る間に、鷗外は軍医監ロオト、軍医ヴィルケの二人と親交を結び、その後も長く文通を続けた。

ミュンヘンで

三月七日午後九時、鷗外は汽車に乗ってドレスデンをたち、翌八日午前十一時、ミュンヘンに着いた。多くの衛生学の専門家に学ぼうとの鷗外の考えからで、世界的な細菌学の権威ペッテンコオフェルはミュンヘン大学の教授であった。九日、ペッテンコオフェルを訪《と》うと、彼は鷗外に「緒方正規《まさのり》は久しく余が許《もと》にいた。余これを愛すること甚《はなは》だし。子《し》も亦《また》正規の如くならんことを望む」と言った。この日から翌二十年四月まで、鷗外は彼に師事して研究に従事し、『ビイルの利尿作用に就《つ》いて』『アグロステンマ・ギタゴの解毒に就いて』の二業績のほか、『日本兵士の食餌《しょくじ》に就いて』『日本家屋の民俗学的衛生学的研究』『アニリン蒸気の有毒作用に関する実験的研究』などをまとめた。このうち、『ビールの利尿作用に就《つ》いて』は、ビールを飲むとしきりに小便がしたくなるのはどういうわけかという研究で、このために鷗外と加藤弘之《ひろゆき》の息子の加藤照麿《てるまろ》とは、自分たちの身体を実験材料にして、たびたびビールを飲んだという楽しい研究であった。

鷗外よりも一歳年少の洋画家、原田直次郎に初対面したのも、バイエルン国王ルートヴィヒ二世がヴュルム湖に溺《おぼ》れ、侍医フォン・グッデンが王を救おうとして死を共《とも》にしたのも、みなこのミュンヘン滞在中の出来事で、これらは後に『うたかたの記』の材料となった。また、青木周蔵の後の特命全権公使品川弥二郎、公爵で貴族院議長になった近衛篤麿と知り合ったのもこの地であった。特に品川子爵とは後まで親交を続けた。

この明治十九年六月末、ナウマンの『日本列島の地と民と』という、以前の地学協会での演説と同じことを述べた論文が「アルゲマイネ・ツァイトゥング」紙上に掲載され、さらにミュンヘン人類学会における彼の同じような講演も同紙上に発表された。これに対し鷗外は、九月十四日からナウマン反駁文の稿を起こし、十二月二十九日ペッテンコオフェルの紹介で、同紙上にその反駁文『日本に関する真相』を載《の》せた。翌二十年一月十・十一日の両日にわたっても、再びナウマンへの反駁文『日本に関する真相再言』を同紙に発表し、ナウマンの誤りを攻撃した。

再びベルリンへ

明治二十年四月十五日午後六時五十五分、ミュンヘンを発《た》った鷗外は、翌十六日昼ベルリンに再び帰って来た。世界的細菌学者ロオベルト・コッホについて細菌学を学ぶためである。二十日、鷗外は北里柴三郎の紹介で、ベルリン大学教授であるコッホを訪ねて指導を受ける約束を結《むす》んだ。五月二十七日から一年間、鷗外はコッホの衛生試験所に入って研究に従事した。『日本に於《お》ける脚《かっ》気《け》とコレラ』『水道中の病源菌に就《つ》いて』などがここでまとめられた。

このベルリンでの生活は、いろんな人が日本からやって来たために忙しく明け暮れた。川上操六《そうろく》・乃木希典《のぎまれすけ》両陸軍少将、旧藩主亀井茲監《これみ》の子亀井茲明《これあき》子爵など。そのたびに鷗外は案内したり、いろいろな世話をしたりした。七月十七日、石黒忠悳《ただのり》軍医監がベルリンに来たのを駅頭に迎え、ホテルに伴って投宿させた。鷗外はこの上官に、ドイツ語の教師を雇《やと》ってやったり、日本政府の赤十字同盟に加入のための報告書類を作ってやったり、陸軍省医務局などいろいろの所の見学にお伴《とも》をしたり、通訳をしてやったりしてつかえた。

八月三十日、石黒軍医監からウィーンに随行を命じられた鷗外は、九月十六日彼に随《したが》ってベルリンを出発し、十八日カルルスルウエに着いた。二十二日午前中、赤十字各社委員会が開かれ、日本赤十字社の代表松平乗承がこれに出席するため、鷗外は通訳として随行した。午後からは、赤十字万国会に石黒軍医監らと日本政府の代表として出席した。二十三日から二十七日までこの赤十字の総会に出席した鷗外は、二十七日の最終日、石黒軍医監の許可を得て日本代表として演説し、各国代表の驚嘆とおしみない拍手を受けた。会場を出て馬車に乗る時、石黒軍医監は両手で鷗外の手を取って、「感謝々々」と鷗外の労をねぎらった。二十八日、カルルスルウエをたって、夕方ウィーンに着いた。このウィーン行は石黒軍医監が日本政府を代表して万国衛生会に臨《のぞ》むのに随ったのである。この時は私人《しじん》の資格で会に臨んだので、鷗外には公務はなかった。三十日、鷗外は自著『日本食論拾遺《しゅうい》』二百部を国際書記局に送り、衛生会の会員にわかった。十月八日夜九時、鷗外はウィーンを発って、九日昼ベルリンに帰った。

十一月十四日、鷗外が石黒軍医監を訪ねると、彼は橋本軍医総監の意として、鷗外の洋行は医学の研究だけでなく、衛生事務の調査も兼ねているのだから、帰国前にかならず一度ドイツの軍隊に入って隊付医官の事務をとってみるよう、それでないと陸軍省に対して体面が悪いと言った。鷗外の心はおだやかではなかったが、命令とあればしかたがないと承諾《しょうだく》した。

十二月十日、新《あら》たに西園寺公望《さいおんじきんもち》が全権公使として着任した。鷗外は駅に彼を迎えた。翌明治二十一年一月二日、ベルリン在留邦人によって組織されている大和会《やまとかい》の新年会で、鷗外はドイツ語で演説し、西園寺侯は外国語にこれほど上達するとは敬服にたえないと彼を賞讃した。これ以後、鷗外は西園寺侯に知られ、後に西園寺侯が首相になって行なった文士招待の雨声会に鷗外はたびたび出席し、西園寺侯から「才学識」と書かれた額を贈られ、長く居間に掲げていた。夏目漱石が雨声会の出席を断った話は有名である。

一月十八日から毎週二回、鷗外は早川という若い歩兵大尉のために、プロシアの兵学者クラウゼヴィッツの名著『戦争論』の講義をしてやったりした。三月十日、プロシア近衛《このえ》歩兵第二連隊の医務につくように命令があり、翌十一日から七月二日まで、その第一大隊に入って隊付医官の勤務の実際体験を行なった。その記録が漢文の『隊務日記』である。

このようなあしかけ五年にわたる留学生活を送る鷗外に、三月二十三日づけの帰国辞令が六月末に到着し、七月五日、石黒軍医監に随行してベルリンをたち、ロンドン・パリ・マルセーユを通って、九月八日、横浜に入港し直ちに東京に帰り着いた。新橋駅まで帰ると、赤十字社から差し向けられた馬車が待ち受け、鷗外はそれで軍服のまま陸軍省その他に廻《まわ》り、夕方になって帰宅した。この帰途の記録は漢文で『還東日乗《かんとうにちじょう》』と題して書かれた。この年鷗外は二十七歳であった。

留学みやげ

この丸四年間（足掛け五年）の留学は、鷗外に何を与えたのであろうか。「喜ばざらんと欲しても得べからず」と『航西日記』に書き、「内には嘗《かつ》て挫折《ざせつ》したことのない力を蓄《たくわ》へてゐた」と『妄想』に述べたあの出発の時の鷗外は、帰国の時の心境を同じ『妄想』に次のように書いている。

「未知の世界へ希望を懐《いだ》いて旅立つた昔に比《くら》べて寂《さび》しく又早く思はれた航海中、藤《とう》の寝椅子に身を横《よこた》へながら、自分は行李《こうり》にどんなお土産《みやげ》を持つて帰るかといふことを考へた。自然科学の分科の上では、自分は結論丈《だけ》を持つて帰るのではない。将来発展すべき萌芽《ほうが》をも持つてゐる積《つも》りである。併《しか》し帰つて行く故郷には、その萌芽を育てる雰囲気《ふんいき》が無い。少くも『まだ』無い。その萌芽も徒《いたず》らに枯《か》れてしまひはすまいかと気遣《きづか》はれる。そして自分は fatalistisch《ファタリスチッシュ》（宿命論的）な、鈍《にぶ》い、陰気な感じに襲《おそ》はれた。

そしてこの陰気な闇《やみ》を照破《しょうは》する光明のある哲学は、我行李《こうり》の中には無かつた。その中に有るのは、ショオペンハウエル、ハルトマン系の厭世《えんせい》哲学である。現象世界を有るよりは無い方が好《よ》いとしてゐる哲学である。……自分は錫蘭《セイロン》で、赤い格子縞《こうしじま》の布を、頭と腰に巻き付けた男に、美しい、青い翼《つばさ》の鳥を買はせられた。籠《かご》を提《さ》げて舟に帰ると、フランス舟の乗組員が妙な手付《てつ》きをして『Il《イル》 ne《ヌ》 vivra《ヰウラ》 pas!《パア》』（生きてはいまい）と云つた。美しい、青い鳥は、果《はた》して舟の横浜に着くまでに死んでしまつた。それも果敢《はか》ない土産《みやげ》であつた。

自分は失望を以《もつ》て故郷の人に迎へられた。それは無理も無い。自分のやうな洋行帰りはこれまで例の無い事であつたからである。これまでの洋行帰りは、希望に耀《かがや》く顔をして、行李の中から道具を出して、何か新しい手品を取り立てて御覧《ごらん》に入れることになつてゐた。自分は丁度《ちようど》その反対の事をしたのである。」

『妄想』が書かれたのは明治四十四年で、鷗外の帰国後二十年以上もたっていることはあるが、帰国の時の鷗外の心を伝えているように思われる。ここには、あの出発時の陽気な意気軒昂《けんこう》たる鷗外の姿は見られない。ここに浮んでくるのは、出発時とは対称的な、暗い厭世感にとりつかれたような鷗外の姿である。このような鷗外の心境は、帰国直後の明治二十三年発表の『舞姫』の主人公、太田豊太郎の帰国する時の心境と一致する。

「げに東に還《かえ》る今の我は、西に航せし昔の我ならず、学問こそ猶《なお》心に飽《あ》き足《た》らぬところも多かれ、浮世のうきふしをも知りたり、人の心の頼みがたきは言ふも更《さら》なり、われとわが心さへ変り易《やす》きをも悟《さと》り得たり。……世の常ならば生面《せいめん》（初めて会う）の客にさへ交《まじわり》を結びて、旅の憂《う》さを慰《なぐさ》めあふが航海の習《ならい》なるに、微恙《びよう》（病気）にことよせて房《へや》の裡《うち》にのみ籠《こも》りて、同行の人々にも物言ふことの少《すく》なきは、人知らぬ恨《うらみ》に頭のみ悩《なや》ましたればなり。」

鷗外がベルリンからの帰路の日記を『還東日乗』として書いていたことは前に述べたが、その中で鷗外は

『日東七客歌《にっとうしちきゃくのうた》』を船の中で作って、自分のことをこう歌っている。「別有狂客森其姓。玉樹叢中着蒹葭《けんか》。四十余日多鼾睡。不関狂風折檣斜。笑曰慳《おしむ》嚢無一物。齎《もち》帰蕪辞阿爺。」（六人の立派な人物のほかに森という奇妙な男がいる。四十日余りを寝て暮して大風がマストを折っても知らん顔。笑って言うには、みやげのないのが残念だ、整《ととの》わないみやげ話を親爺《おやじ》に持ち帰ろう。）

こう見てくると、『妄想』の帰国時の心境が、帰国時の鷗外の本当の心境であったことがわかる。前に、この留学は鷗外の生涯に決定的な影響を与えたと述べたのは、この留学を境《さかい》にして鷗外の心に暗い厭世感《えんせいかん》がめばえ、これが鷗外の一生を支配したと考えられるからである。このような厭世感が生じるようになった原因は、『舞姫』の次のような記述と無関係ではあるまい。

「かくて三年ばかりは夢の如くにたちしが、時来れば包《つつ》みても包みがたきは人の好尚《こうしょう》（このみ）なるらむ、余《よ》は父の遺言を守り、母の教《おしえ》に従ひ、人の神童なりなど褒《ほ》むるが嬉しさに怠《おこた》らず学びし時より、官長の善《よ》き働き手を得たりと奨《はげ》ますが喜ばしさにたゆみなく勤めし時まで、たゞ所動的（受け身で）、器械的の人物になりて自ら悟《さと》らざりしが、今二十五歳になりて、既に久しくこの自由なる大学の風に当りたればにや、心の中なにとなく妥《おだやか》ならず、奥深く潜《ひそ》みたりしまことの我は、やうやう表にあらはれて、きのふまでの我ならぬ我を攻むるに似たり。余は我身の今の世に雄飛《ゆうひ》す（勢いよく活動する）べき政治家になるにも宜《よろ》しからず、また善く法典を諳《そらん》じて獄を断ずる（罪を裁決する）法律家になるにもふさはしからざるを悟りたりと思ひぬ。

余は私《ひそか》に思ふやう、我《わが》母は余を活《い》きたる辞書となさんとし、我官長は余を活きたる法律となさんとやしけん。辞書たらむは猶《な》ほ堪《た》ふべけれど、法律たらんは忍ぶべからず。今までは瑣々《ささ》たる（細かな）問題にも、極めて丁寧《ていねい》にいらへ（返事）しつる余が、この頃より官長に寄する書には連《しき》りに法制の細目に拘《かかずら》ふべきにあらぬを論じて、一たび法の精神だに得たらんには、紛紛《ふんぷん》たる（わずらわしい）万事は破竹《はちく》の如くなるべし（容易に解決する）などと広言しつ。又大学にては法科の講筵《こうえん》（講義）を余所《よそ》にして、歴史文学に心を寄せ、漸《ようや》く蔗《しょ》を嚼《か》む境（興味を感ずる境地）に入りぬ。

官長はもと心のまゝに用《もち》ゐるべき器械をこそ作らんとしたりけめ。独立の思想を懐《いだ》きて、人なみならぬ面《おも》もちしたる男をいかでか喜ぶべき。危《あやう》きは余が当時の地位なりけり。されどこれのみにては、なほ我地位を覆《くつが》へすに足らざりけんを、日比《ひごろ》伯林《ベルリン》の留学生の中《うち》にて、或《あ》る勢力ある一群《ひとむれ》と余との間に、面白からぬ関係ありて、彼《かの》人々は余を猜疑《さいぎ》し、又遂《つい》に余を讒誣《ざんぶ》する（無実の事を言い立ててそしる）に至りぬ。」

鷗外は留学の初めに橋本軍医監から、「制度の方は別人に調べさせるから、専心衛生学を研究せよ」と言われたが、帰国する前年の明治二十年十一月十四日に、石黒軍医監から橋本軍医総監（この時は軍医総監に昇進していた）の意として、研究だけでなく隊付医官の事務をとることを命ぜられ、はなはだ面白くなかったことは前に述べた。この出来事はそれまで石黒軍医監の受けもよく、九月二十二日から二十七日までの万国赤十字総会の席での華やかな活動をした鷗外にとっては、まさに青天の霹靂《へきれき》であった。この出来事の起こりは鷗外と共に石黒軍医監に従って赤十字総会に出席した谷口謙の、鷗外の才能と賞讃とを妬《ねた》んだ讒言《ざんげん》によるものであったらしい。谷口は鷗外より五歳上であったが東大では同窓で、自ら石黒軍医監の補助となるために、鷗外を追いはらって隊付医官の任務につけたようである。またここにもあるように、鷗外は官長石黒軍医監とも性格があわなかった。このような策動に動かされる陸軍の機構に不満を感じて、鷗外は陸軍をやめ、外交官になりたいとも真剣に希望した。しかし、鷗外のそうした自由を求める自我も、こうした機構の中で妨げられ、不満が次々と鬱積《うっせき》していき、煩悶や官長へのレジスタンスの結果として、ますます文学に心を動かし、哲学に飢えを満たす道を求めていったのである。それらが、ショオペンハウエルやハルトマンの哲学であったから、鷗外の心はますます暗くならざるを得なかった。

文学への出発

明治二十一年九月八日、ドイツから帰ったその日に、二十七歳の鷗外は陸軍軍医学舎《がくしや》(のち軍医学校と改称)の教官となり、十一月二十二日からは陸軍大学校教官をも兼《か》ねることになった。鷗外が帰国するとまもなく、留学中に交際したエリスというドイツ女性があとを追って日本にやって来たが、鷗外の弟篤次郎や、妹喜美子の夫小金井良精ら、森家の系族の説得によって鷗外をあきらめ、十月十七日横浜から帰国した。彼女は『舞姫』の女主人公エリスのモデルといわれる。

医学上の論戦

鷗外は職務に精励する一方で、ドイツみやげの医学上の論文を次々と発表していった。十二月八日発行の『東京医事新誌』に『別天過俠氏《ペッテンコオフエルし》の書翰《しよかん》』を載《の》せたのを手始めに、ライプチヒで研究した『日本兵食論』にもとづいて『非日本食論将失其根拠《ひにほんしよくろんまさにそのこんきよをうしなわんとす》』をまとめ私費出版し、『将来の暖房炉』『伝染病分類図』などを発表、『隊務日記』を「軍医学会雑誌」第二十四号付録として刊行した。翌二十二年一月から鷗外は、『東京医事新誌』の主筆となって「緒論」欄を新設し、毎号筆をとってその巻頭を飾った。二月には、『医学統計論の題言《だいげん》』の発表に端《たん》を発して、今井武夫との間に十二月まで統計論争を展開、三月には、非日本食論の是非《ぜひ》をめぐって大沢謙二らと論争し、八月に及んだ。この三月には、留学中から計画していた西欧医学の紹介、普及、日本における実験医学の確立を目的に『衛生新誌』を創刊し、六月には、時事新報記者と大沢謙二の僧医論争に加わって、大沢に同調し速成医《そくせいい》の危険を説《と》き、十二月には、『東京医事新誌』の主筆の座を追われ、みずから『医事新論』を創刊した。

「『医事新論』とは何ぞや。実験的医学をして我邦《くに》に普及せしめんの目的にて興《おこ》れる一雑誌なり。」

こう鷗外が宣言したように、鷗外は当時の医学者が単なる読書家、翻訳家、伝習者、受売人《うけうりにん》とならないで、自分でこつこつと研究する研究者になるようにと考えてこの雑誌を発行したのである。またそれと同時に、鷗外は当時の医学界では真にすぐれた才能を持ち、深い研究をしている学者が無視され、世渡りのうまい策略家《さくりゃくか》、あるいは政略家がボス的な勢力を握っていることを痛烈に非難し、「余《よ》は我《わが》志を貫《つらぬ》き我道を行《おこな》はんと欲す。吾《わが》舌は尚在《なおあ》り、未だ嘗《かつ》て爛《ただ》れざるなり。我筆は猶在《なおあ》り、未だ嘗て禿《とく》せざるなり（すり切れていない）。」と正しい自己の信念のためにどこまでも戦おうとする意志を表明し、事実またそれに充分答えるだけの縦横の奮戦ぶりをここに示したのである。

「東京医事新誌」

翌明治二十三年四月には、『第一回日本医学会と東京医事新誌』の題で『東京医事新誌』の新主筆の岡田和一郎とわたりあい、医学界の主勢力に対立して盛んな意気を示し、六月には、和漢方医《わかんぽうい》復活の気運に反対して春雨雑誌記者と論争し、翌年五月に及んだ。九月には、先の『衛生新誌』と『医事新論』とを合併《がっぺい》して、『衛生療病志』と改題した。鷗外はこの『衛生療病志』に明治二十六年五月から「傍観機関」の欄を設けて、さらに歯に衣《きぬ》きせぬ論戦の火ぶたをきった。鷗外が相手どったのはその年二月創刊された山谷楽堂主筆の『医海時報』（のち『医界時報』）であり、鷗外はこれを反動機関として攻撃し、軍医監であった石黒忠悳《ただのり》など医学界の長老の集まりである日本医学会を反動者ときめつけた。これらいわゆる「傍観機関」論争は翌二十七年八月まで展開された。これらの論戦は、ドイツで真の学問を学んだ鷗外の、西欧的な科学的合理主義の精神に立っての、権力と情実と利害関係に左右される、学問のない日本の医学界に対する熱烈な抗議と批判であった。この時期の鷗外ほど純粋な正義感に燃え、情熱的で、戦闘的であったことはなかった。

文学への出発

帰朝の翌年、すなわち明治二十二年の一月から、鷗外のはなばなしい文学への活動は開始される。それはまず西欧文学の翻訳、紹介からであった。

一月三日、鷗外は「読売新聞」にゾラの小説を批評したゴットシャルの『小説論』を紹介し、五日から同紙にスペインのカルデロン作「サラメヤ村長」を『音調高洋箏一曲《しらべはたかしギタルラのひとふし》』と題して、三木竹二（弟篤次郎）と共同で訳して載《の》せたのをはじめ、ドーデーの『緑葉の嘆』『戦僧』、ホフマンの『玉を懐《いだ》いて罪あり』、アービングの『新世界の浦島』、レッシングの『折薔薇《おりばら》』（三木竹二と共訳）、ブレット＝ハアトの『洪水』、トルストイの『瑞西館に歌を聴《き》く』が、明治二十二年に発表された。

明治二十三年には、ヘックレンデルの『ふた夜』、ツルゲーネフの『馬鹿な男』、クライストの『地震』『悪因縁』、シュビンの『埋れ木』、アドルフ＝ステルンの『うきよの波』などが発表され、原作以上とたたえられた翻訳文学の絶品、アンデルセンの『即興詩人』は明治二十五年から三十四年にわたって『しがらみ草紙』と『めざまし草』に連載された。

『於《お》母《も》影《かげ》』

新体詩史上に不朽《ふきゅう》の業績となった『於母影《おもかげ》』は、明治二十二年八月二日発行の『国民之友』第五十八号の夏期付録「藻塩草《もしおぐさ》」欄に、S・S・Sの名で載せられた十七編の訳詩である。『於母影』の題名は、『万葉集』の「陸奥《みちのく》のまののかや原とほけどもおもかげにして見ゆとふものを」から取られた。S・S・Sとは、新声社《しんせいしゃ》の頭文字を取ったもので、新声社と名づけられた会合は、これよりさき鷗外のまわりに集まっていた落合直文《なおぶみ》、井上通泰《みちやす》、市村瓚次郎《さんじろう》に、弟の三木竹二（篤次郎）、妹小金井喜美子が加わったもので、時々会合して文学を論じたり、詩歌を作ったりしていたものである。

十七編の内容はいろいろであるが、今これらの訳詩の分担は次のように言われている。「いねよかし」（バイロン）「笛の音」（シェッフェル）を直文、「花薔薇」（ゲロック）「わかれかね」（ケルネル）を通泰、「鬼界島」（平家物語）を瓚次郎、「あしの曲」（レナウ）「わが星」（ホフマン）「あるとき」（フェルランド）を喜美子、残りの「ミニヨンの歌」（ゲーテ）「マンフレッド一節」（バイロン）「戯曲『曼弗列度《マンフレッド》』一節」（バイロン）「月光」（レナウ）「別離」（シェッフェル）「オフェリアの歌」（シェークスピア）「思郷」（ヴェールマン）「あまをとめ」（ハイネ）「野梅」（高青邱《こうせいきゅう》）の九編が鷗外の訳と言われる。なお、のちに鷗外訳の「青邱子」（高青邱）と「盗俠行」（ハウフ）の二編が加えられて、明治二十五年刊行の単行本、翻訳集『水沫《みなわ》集《しゅう》』には十九編として収められた。

これらの中には漢詩の形に訳したものも五編（「盗俠行」を入れると六編）あるが、かつて鷗外がドイツにあってゲーテを読み、「千古絶調」の評語を与えた「ミニヨンの歌」はさすがに美しい文語体で訳され、『於母影』の代表歌となった名訳であった。

「於　母　影」

ミニヨンの歌

其一

レモンの木は花さきくらき林の中に

こがね色したる柑子《こうじ》は枝もたわわにみのり
青く晴れし空よりしづやかに風吹き
ミルテの木はしづかにラウレルの木は高く
くもにそびえて立てる国をしるやかなたへ
君と共にゆかまし　（以下略）

これとならんで、シェークスピアの「オフェリアの歌」が当時の青年たちに愛誦された。島崎藤村の『春』の中に、北村透谷《とうこく》のモデルといわれる青木が、「オフェリアの歌」を清《すず》しい声で歌い出すところがある。そして藤村は「友達仲間で斯歌《このうた》を愛誦しないものは無い。彼等は斯《こ》の歌を口吟《くちずさ》む毎《ごと》に、若々しい思想《かんがえ》が胸の底に湧《わ》き上るのを覚えた」と書いている。

オフェリアの歌

いづれを君が恋人と
わきて知るべきすべやある
貝の冠《かむり》とつく杖《つえ》と
はける靴とぞしるしなる　（以下略）

詩といえば漢詩をさしていたこの時代に『於母影』の発表は、西欧近代詩のもつ深い思想内容と豊かな人間感情とを、美しい日本語に移して、清新でロマンティックな抒情の調べを生み、当時の青年たちに非常に大きな感動を与え、藤村や透谷などのロマン主義詩人を産み出すきっかけとなったのである。

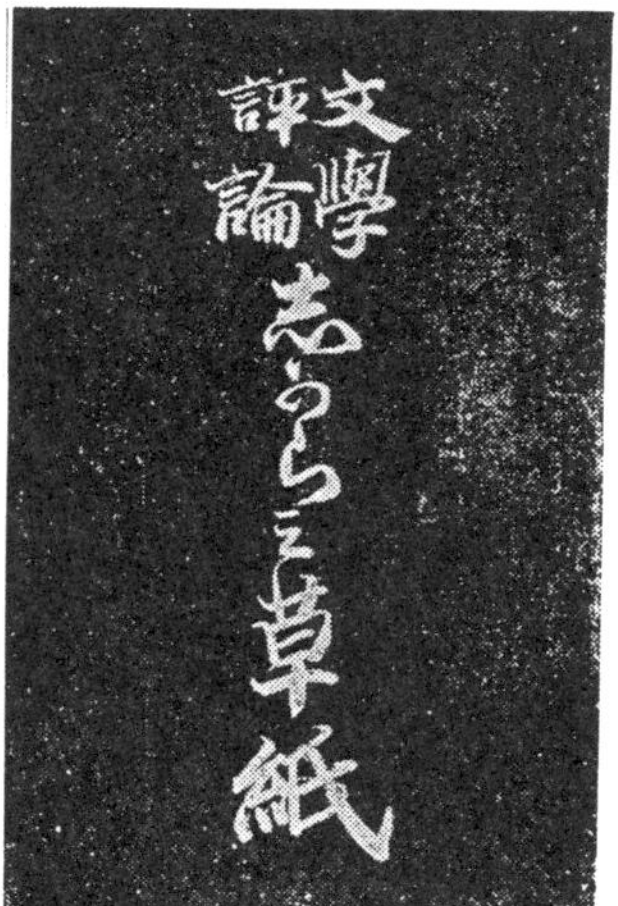

「しがらみ草紙」

『しがらみ草紙』

鷗外は『於母影』で得た原稿料五十円を基金として、この明治二十二年十月二十五日、『文学評論しがらみ草紙』という評論雑誌を発行した。黒地に白く落合直文の筆蹟《ひっせき》を抜いた表紙は、当時非常に評判が良かった。初め鷗外は「文学評論」と題するはずであったが取り止めて、割書きにすることにしたので、『しがらみ草紙』とは文学の流れが誤った所へ流れないようにせきとめて、正しい方向を示すための批評の役目をする雑誌という意味である。

この雑誌は明治二十七年八月、鷗外が日清戦争に従軍することになって廃刊したが、それまでの五年間に五十九冊を出した。鷗外はこの雑誌に多くの力を注《そそ》ぎ、毎号評論・翻訳・小説・随筆から、演劇・美術・その他文化方面の論文を、本名や仮名のペンネームで書き、この時期の鷗外のおもな文学上の仕事はほとんどこの雑誌に載せられて、『しがらみ草紙』は名前のとおり混乱した当時の文学に正しい方向をさし示すものとなり、森鷗外の名は文学評論界の指導者として聞こえたのである。

この時期の鷗外の評論の特徴は、戦闘的・論争的であったことで、これは先の医学上の論文において、未開の日本に自然科学の発達のための雰囲気を作りあげようと戦ったのと同じく、演劇改良論者などに対して正しい文学・演劇の発展のためにどこまでも正論を吐《は》くという態度であった。ドイツにあって、西欧人の論争や批評を見聞きして来た鷗外としては当然のことであった。

没《ぼつ》理《り》想《そう》論《ろん》争《そう》

『しがらみ草紙』に載《の》せた評論のうち、特に有名なのが、明治文学史上の大きな論争として伝えられる坪内逍遙《しょうよう》との間に戦わされた「没《ぼつ》理《り》想《そう》論《ろん》争《そう》」である。

この論争は、明治二十四年十月、『早稲田文学』初号に載《の》った逍遙の「シェークスピヤ脚本評註」の「緒《ちょ》言《げん》」、および十一月、同誌の三号の「時文評論」欄の「我にあらずして汝《なんじ》にあり」をもって開始された。前者は、シェークスピアの作のすぐれているのは没理想であるからで、没理想の作は理想をもって評釈はしないと述べ、後者は、理想家を排《はい》し、「アングロサキソンの着実な常見」を師とする態度を説《と》いたものであった。この逍遙の論は、九月『しがらみ草紙』二十四号の「山房論文」に鷗外が「逍遙子の新作十二番中既発四番合評、梅花詞集評及梓神子(読売新聞)」を書いて、逍遙を批評したことをふまえての発言であった。従って鷗外の駁論《ばくろん》は、十二月の『しがらみ草紙』二十七号の「山房論文」、「早稲田文学の没理想」でなされた。ここで鷗外はハルトマンの無意識哲学をふまえて、理想の必要なことを説いた。

鷗外はまた明治二十五年一月、『しがらみ草紙』二十八号の「山房論文」に「エミル、ゾラが没理想」を載せ、「附録」に「医にして小説を論ず」を再録して、逍遙の没理想の造化がゾラの造化に似ていることを指摘《してき》し、ゾラの没理想をも排《はい》した。ここに逍遙は、はっきり鷗外を目あてとしての駁論《ばくろん》に立ち、一月の『早稲田文学』七号に「烏有《うゆう》先生に謝す」、同八号に「没理想の語義を弁ず」、二月の同九、十号に「烏有先生に答ふ」を発表した。鷗外の反論は三月、『しがらみ草紙』三十号の「山房論文」の「早稲田文学の没却理想」および「逍遙子と烏有先生と」で行われた。用語の不備と、哲学・美学的体系の欠除《けつじょ》を痛感し、烏有《うゆう》先生を鷗外と即断して論を進めた不利をさとった逍遙は、軍談まがいの華文・戯文を書いて和議を申し込むにいたった。三月、四月の『早稲田文学』に発表された「『早稲田文学』が谷《やつ》『時文評論』村の縁起」「寄手《よせて》東より西よりせまる」「没理想の由来」「陣頭に馬を立てて敵将軍に物申す」「雅俗折衷之助《がぞくせっちゅうのすけ》が軍配《ぐんばい》」「入《にゅう》道常見《どうじょうけん》が軍評議」「文珠菩薩《もんじゅぼさつ》の剛意見《こわいけん》」「小羊子が矢ぶみ」がそれである。鷗外はこれらの和議の提案と、正当の防御《ぼうぎょ》はせよという逍遙の言葉を受けて、六月の『しがらみ草紙』三十三号の「山房論文」に最後の反論「早稲田文学の後没理想」を掲げ、それぞれの論文に神経質な反論を加え、逍遙の華文による奇策を嘲笑した。かくして、この長い論争は、鷗外優勢のうちに終わった。鷗外の論の立て方、進め方はまことにあざやかですっきりしていて、わが国で始めて文学上の論争らしい論争の見本を示したといえる。

鷗外はまたこのほかにも、当時の有名な批評家石橋忍月と『舞姫』などの鷗外の作品をめぐって数回にわたって論争したり、東大教授外山《とやま》正一の論説『日本絵画の未来』に再三駁論し論争をいどんだりしたが、相手が誰であろうと言うところが間違っていると思うと遠慮なく論戦をまじえたので、まったく戦闘的であったといえよう。しかし、このためにこそ、鷗外によってわが国の文学者の間に西欧風な批評精神が導き入れられ、近代文学の目的と方法意識の確立がなされたのである。北村透谷や田山花袋のこれらの論争に対する関心はその一端であった。

結婚

明治二十二年三月六日、鷗外はかねてからの話に従って、海軍中将男爵赤松則良の長女登志子と結婚した。西周が媒妁人《ばいしゃくにん》であった。登志子は子爵榎本武揚《たけあき》夫人の姪《めい》に当たり、西周は自分の養子の姉の娘である登志子を子供の時から目をかけていたので、良縁と思って世話をしたのである。鷗外は結婚に先んじて一月から、千住の父母の家を出て下谷根岸金杉百二十二番地の、御隠殿坂《ごいんでんさか》に近い貸家に弟の篤次郎《とくじろう》、潤三郎《じゅんざぶろう》と一緒に住んでいた。これは陸軍の兵食試験の仕事がいそがしかったのと、弟二人の通学の便のためであった。結婚後もしばらくこの家で暮した鷗外は、五月末に不忍池《しのばずのいけ》に近い、下谷上野花園町十一番地の赤松家の持ち家に移って、二人の弟と赤松家の妹二人と同居して新生活を送った。奥座敷は二階建てで、下の二間を居間とし、二階を客間に使った。二階から眺めると裏は一面の藪《やぶ》で、それを越して不忍池の一部が見える閑静な住居であった。赤松家の本家から老女と女中とがついて来ていて、その老女は今までの習慣から鷗外を殿様とよび、弟の篤次郎を若殿様とよんだ。この老女が食事などの指揮《しき》をとるので、弟二人は自然差別待遇《たいぐう》を受けた。ある夕方鷗外が帰宅すると、弟の潤三郎の膳《ぜん》に貧弱なおかずのあるのを見て、鷗外は自分の膳から鯛《たい》の焼いたのを取ってやり、女中に聞くと「御奥からの御指図です」と言うので、「潤はおれの弟だ。これからおれと同じにしなければいかん」としかりつけ、それ以来待遇があらたまったといわれる。根岸の住居は半年にもならない間であったから出入りしたのは、市村瓚次郎、井上通泰、賀古鶴所、落合直文らであったが、上野花園町に転居してからは、『於母影』が発表され、民友社からの原稿料五十円で皆と相談して『しがらみ草紙』を発行したので、種々様々の人が入れ代り立ち代り来て、午前二時三時まで話し合うのも珍しくはなく、文学者たちの梁山泊《りょうざんぱく》の感があった。客が女中に何時かと聞いて、女中が眠むそうに「もう十二時過ぎです」というと、鷗外が「なぜまだ十二時を過ぎたばかりですといわぬ」と怒ったのもこのころのことであった。

客の中で最もたびたび訪れるのは幸田露伴《こうだろはん》であった。当時文壇では、代表的文学者四人の名前を一字ずつとって「紅露逍鷗《こうろしょうおう》」の時代といっていたが、その中の一人露伴は、数え年二十三歳で、既に『露団々《つゆだんだん》』『風《ふう》流仏《りゅうぶつ》』を発表し天才をうたわれて、新興文壇における地位が定まった時であった。鷗外は露伴よりも五歳年長の二十八歳であったが、露伴は鷗外と話をして泊りこみ、翌朝飄然《ひょうぜん》と遠く旅に出ることもあった。露伴はこの客達の中に「たにうど」という言葉を流行させたりした。これは俗人ということで、俗の字を分けると谷の人即ち谷人《たにうど》となるからであった。このほか主なこの梁山泊の住人には、内田魯庵《ろあん》、石橋忍月《にんげつ》、中西梅花《ばいか》らがいた。

『舞姫』・『うたかたの記』・『文づかひ』 明治二十三年から二十四年初めにかけて書かれた、『舞姫』『うたかたの記』『文づかひ』の鷗外初めての創作は、ドイツでの鷗外の身辺に起った事件や見聞を材料にした、ドイツみやげの三部作で、ゆたかなエキゾチシズムの匂《にお》いに彩《いろど》られた作品であった。

『舞姫』は、明治二十三年一月三日、『国民之友』第六十九号の新年附録に掲載された。鷗外の創作の文壇処女作であるが、実際の執筆《しっぴつ》の順序は『うたかたの記』『舞姫』『文づかひ』の順であった。『舞姫』が明治二十二年の暮れに執筆完成した時、いち早く賀古鶴所はそれを読み、翌日は森篤次郎が千住の森家にかけつけて家族たちに読み聞かせた。賀古は作中の相沢謙吉のモデルをおのれに擬《ぎ》して、おれの親分気質がよく出ている。ぐずぐず陰言《かげごと》をいう奴らに正面からぶっつけてやるのはいい気持ちだと喜び、小金井喜美子は、読む人も情に迫《せま》って涙声になると言い、また聞く人はそれぞれに思うことが違っても記憶が新しいと言い、あるいはよく書けていると言った。そして後に『国民之友』に出ての評判がよいので、心の底にあったこだわりがとれたと述懐《じっかい》した。

鷗外は『舞姫』において、行きずりに手折《たお》り、ドイツに追い帰したエリスに、生きながらの鎮魂歌《ちんこんか》を奏《かな》でることによって、自らの自我の鎮魂歌を奏で、陸軍の実力者山県有朋をモデルとした天方伯《あまがたはく》を登場させることによって、陸軍のなかにくすぶっていたエリス問題にまつわる非難を打ち消す役割をはたさせた。鷗外自身の心にあったこだわりをとろうとした作品であったことは言うまでもない。

鷗外としても執筆順序をくるわせて発表しただけに自信作であったろうが、『舞姫』は二葉亭四迷《ふたばていしめい》の『浮雲』とともに、はじめて近代的人間像を作り出した作品として、近代文学史上大きな位置を占《し》めることになった。

『うたかたの記』は、明治二十三年八月の『しがらみ草紙』第十一号に発表され、鷗外の文壇における地位を確固たるものにした作品であった。『うたかたの記』の巨勢《こせ》は、ドイツ留学時に鷗外が親しんだ英才画家原田直次郎がモデルである。マリイはその妾であった。これに鷗外が留学中もっとも印象に残った事件の一つである、バイエルン国王ルウドイヒ二世とその侍医の精神科医グッデンの水死の哀話とをからませたものである。この哀話に関する記述は、『独逸《ドイツ》日記』の明治十九年六月十三日、二十七日に残されている。

ギリシアの運命劇にも似た悲しい物語で、構成の上にも心理の上にも無理がなく、首尾一貫した抒情的物語として、『舞姫』よりも『うたかたの記』の方が優れているという人も多い。

『文づかひ』は、明治二十四年一月二十八日、「新著百種」第十二号として吉岡書籍店から刊行された。紙装の四六判、五十六ページで、幸田露伴の『聖天様』三十頁と合載《がっさい》されて、表紙は木版でピラミッドとスフィンクスを表わした風景画の上に、留め針でかたつむりの絵をつけた図案で、巻頭に落合直文の書簡が木版刷《ず》りにしてあった。

『文づかひ』の小林士官のモデルは鷗外自身である。『独逸日記』の明治十九年二月十日のところには、宮中の舞踏会でかつてザクセンの野営演習の際に知り合ったフォン＝ビュロオの娘イイダ姫と奇遇し、イイダ姫の方から声をかけられたことが書かれている。このドレスデンの王宮からの招待も鷗外にとっては印象深い出来事であった。鷗外がザクセンの野に、ドイツ第十二軍団の秋期演習に加わった事実は『独逸日記』明治十八年八月二十六日から九月十二日にわたる。その間の場所や人名などは『文づかひ』に一致するところが多く、美しい『独逸日記』のイイダ姫は、『文づかひ』のイイダ姫に造型されたのである。

この作品には、やや退屈や無駄が感じられ、三部作の中では一番劣る作品である。

『猫』の家

明治二十三年九月十三日、長男於菟《おと》が生まれると、鷗外はその出生を待っていたかのように、この月まもなく妻登志子と離婚した。ちょうど一年半の結婚生活であった。離婚の手続きは十一月二十七日にとられたが、実際には鷗外は妻と長男とを置いて、十月四日弟二人に車夫夫婦を従えて本郷駒込千駄木町五十七番地に移って行った。

千朶山房

この附近は当時家よりも原地が多く、太田子爵の所有地であるため太田の原とよばれた所で、南隣りは車宿、その一二軒先きには小さな気狂い病院があって、子供を亡くした女の患者の悲鳴が聞こえ、雨の夜などは不気味な感じのする所であった。後にこの病院は移転して、あとは下宿屋に変わった。家の真裏は郁文館《いくぶんかん》中学校で、中学校の前に草津温泉というのがあって仕出し料理をするので、晩食にはたびたび取り寄せて、客のある時は必ずここに注文したりした。

この鷗外の住んだ家は、後に第一高等学校の歴史教師斎藤阿具《あぐ》の所有となって、明治三十六年一月イギリス留学から帰朝した夏目漱石が、三月三日から三十九年十二月十七日まで借りて住み、この家を舞台にして一代の傑作である『吾輩は猫である』を書き、『倫敦塔《ロンドンとう》』『坊っちゃん』『草枕』『二百十日』『野分』などの作品を次々と生み出した、通称「猫の家」なのである。南隣りの車宿は、漱石の『吾輩は猫である』にも車屋として出てくる。

鷗外はこの家を「千朶《せんだ》山房」と名づけ、明治二十五年一月まで住み、二十四年九月には前に述べた逍遥との論争で有名な「山房論文」「山房放語」などを書いたのであり、明治を代表する二文豪が偶然同じ家に住んだというのも、まことに奇遇《きぐう》であった。

登志子と別れて独身となった鷗外は、長男於菟《おと》をしばらく千住の祖父母のもとに預けたが、乳母の乳が悪かったので、その後一二個所転じたのち、本郷森川町の第一高等学校わきで文房具と煙草を売っていた平野万里の父母の家に預け、於菟はそこで非常にかわいがられて育てられた。

登志子は離婚の後、法学士宮崎道三郎に再婚して一男一女があったが、明治三十三年一月二十八日肺結核のため逝去《せいきょ》した。

鷗外は、明治二十四年八月二十四日、医学博士の学位を授《さず》けられた。

観潮楼

観潮楼

明治二十五年一月三十一日、三十一歳の鷗外は、団《だん》子坂《こざか》上の千駄木町二十一番地に移転した。これまで千住で医院を開いていた父静男、母峰子もようやく老い、祖母清子もいたので、病院をやめて鷗外と同居し一家共々に暮らすためであった。毎日のように適当な家をあちこち探《さが》し歩いている中に、団子坂上の見晴らしのいい家を見つけて、坂下の懇意《こんい》な植木屋千樹園の主人を仲介《ちゅうかい》して買い取り、父母と祖母が千住から来て一家一緒になったのである。

団子坂《だんござか》は本名を潮見坂《しおみざか》といって、狭い急な坂で、その両側には植惣《うえそう》・植梅《うえうめ》・種半《たねはん》などという植木屋があって、秋には菊人形を作って客をよび有名であった。坂上を南に曲る細い道の角《かど》に派出所があり、山中という質屋がこれに接し、その隣りが鷗外の買い取

観潮楼跡の胸像（現在は文京区立鷗外記念本郷図書館となっている）

った家である。この家は今紀文と称せられた津国屋《つのくにや》藤次郎《とうじろう》の取巻きの一人である小倉是阿弥《ぜあみ》という人の持ち家で、彼の妾《めかけ》であった高木ぎんという尼《あま》さんの隠宅《いんたく》であった。

鷗外の訪問客が多くなるにつれて家が狭くなったので、裏の地所を買入れ、建っていた長屋二軒と梅林とを取り払い、翌年二階建てを新築したのがいわゆる観潮楼で、同時に表門とそれに接続する土塀とを建てた。建築の設計はすべて母峰子の好みにまかせ、表門の右の柱に落合直文の筆になる「森林太郎」の標札がかけられた。

二階は十二畳で、東と南に手すりのついた幅三尺の廻《まわ》り縁《えん》があった。部屋の広いため、屏風《びょうぶ》一双《いっそう》を立て、南に向かって屏風よりに机をすえ、小倉に赴任《ふにん》するまで書斎兼客間として使われた。廻り縁に立って眺めると、東の正面は今と違って樹木のうっそうと茂った上野の山と対し、その隙間《すきま》から谷中五重塔の先端が見え、雪の降った時はことに景色がすばらしかった。眼下の根津《ねず》も人家が少なく、闇夜に二階から見下す時は、燈火が沖の漁火《いさりび》のように感じられた。高台で東南北と西の一部が望まれるので、市中に出火のある時は階上から方角を覚えておき、翌朝の新聞でその場所を調べ、何区はどの方角に当たるということを地図に印《しるし》で表わしていた。これを繰《く》り返した研究の結果が、後に東京方眼図を製作する有力な資料となった。観潮楼のこの二階は文学者の集まりや歌会などに使用され、明治中期から大正にかけて有名な小説家や歌人たちがしばしば会合した由緒のある場所であった。この鷗外の業績とともに近代文学史上に大きな位置を占める、観潮楼は昭和十二年八月十日午後四時借家人の不注意で出火して、わずか二時間余りで全焼した。この場所は現在、文京区立鷗外記念本郷図書館となって、鷗外の記念室も設けられている。

『美奈和集《みなわしゅう》』
(『水沫集』)

この明治二十五年七月二日、鷗外最初の著作・翻訳作品集である『美奈和集《みなわしゅう》』が、春陽堂から刊行された。角背・紙装六百十二頁の菊判で、表紙には淡緑色で天地に鷗《かもめ》と波とを白抜きし、落合直文筆の「鷗外漁史著、美奈和集、完」が三段に斜《なな》めに書かれていた。小説「舞姫」「うたたの記」「文づかひ」などのほか、翻訳「於母影《おもかげ》」「ふた夜」「埋木《うもれぎ》」など、『しがらみ草紙』や『国民之友』に載《の》った初期の小説・戯曲・詩など全二十編が収《おさ》められ、鷗外が作品をもって海外の新文学の動向を日本に移植した最初の集大成で、鷗外の業績のめざましさはこの一巻によって広く知られることになった。多くの版を重ね、『改訂水沫集《かいていみなわしゅう》』『縮刷水沫集《しゅくさつみなわしゅう》』など異本五種が出された。

九月、鷗外は慶応義塾大学の美学講師となった。美学の日本への移植はまだ日も浅く、この年美学講義を

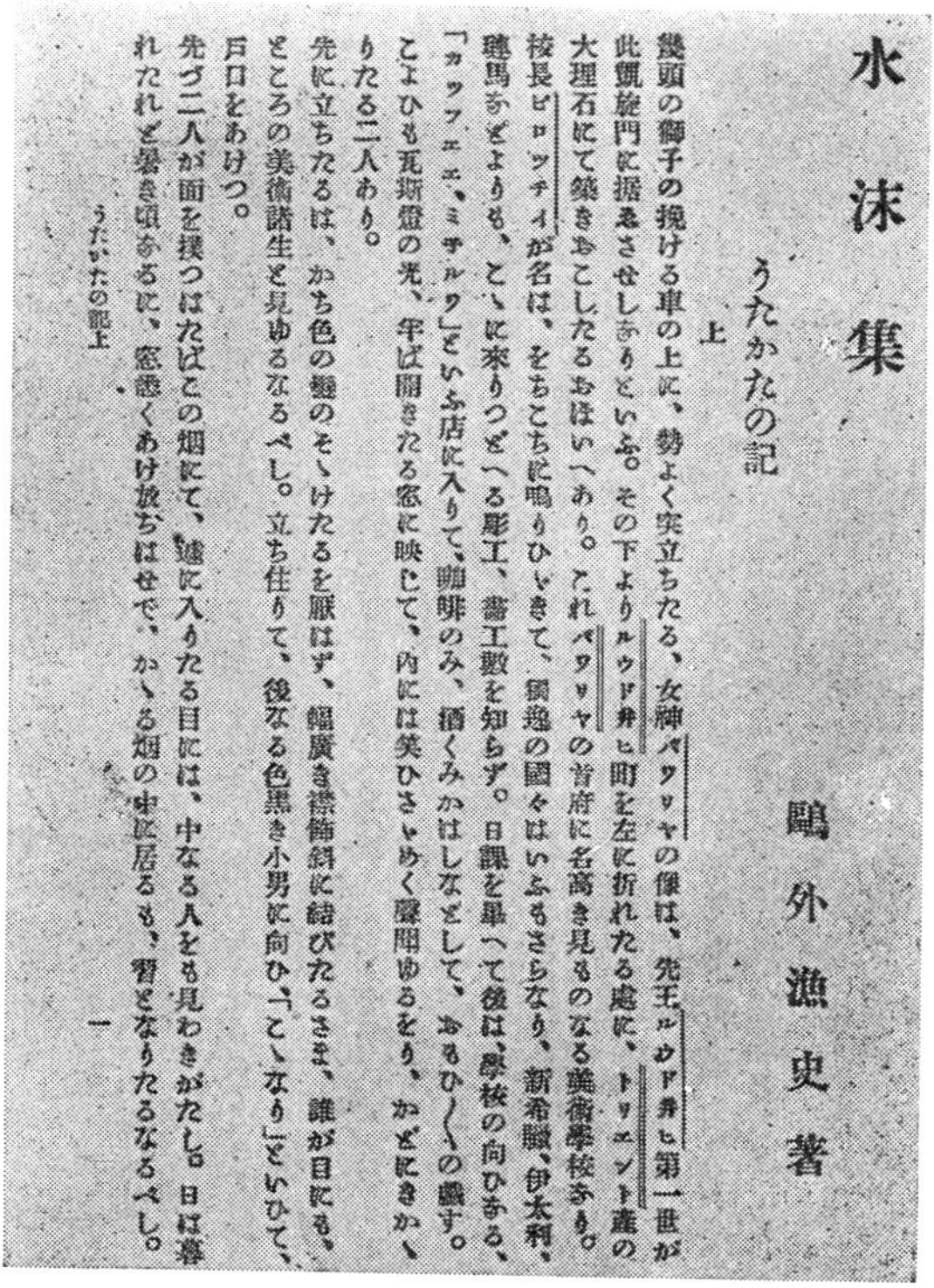

水沫集

鷗外漁史著

うたかたの記

上

幾頭の獅子の挽ける車の上に、勢よく突立ちたる、女神バワリヤの像は、先王ルウドヰヒ第一世が此凱旋門に据ゑさせしなりといふ。その下よりルウドヰヒ町を左に折れたる處に、トリエント産の大理石にて築きおこしたるおほいへあり。これバワリヤの首府に名高き見ものなる美術學校なり。校長ピロツチイが名は、をちこちに鳴りひゞきて、獨逸の國々はいふもさらなり、新希臘、伊太利、嗹馬などよりも、こゝに來りつどへる彫工、畫工數を知らず。日課を畢へて後は、學校の向ひなる、「カツフエエ、ミネルワ」といふ店に入りて、珈琲のみ、酒くみかはしなどして、おもひ〳〵の戯す。こよひも瓦斯燈の光、半ば開きたる窓に映じて、内には笑ひさゞめく聲聞ゆるをり、かどにきかゝりたる二人あり。

先に立ちたるは、かち色の髪のそゝけたるを厭はず、幅廣き襟飾斜に結びたるさま、誰が目にも、ところの美術諸生と見ゆるなるべし。立ち住りて、後なる色黒き小男に向ひ、「こゝなり」といひて、戸口をあけつ。

先づ二人が面を撲つはたばこの烟にて、遽に入りたる目には、中なる人をも見わきがたし。日は暮れたれど暑き頃なるに、窓悉くあけ放ちはせで、かゝる烟の中に居るも、習となりたるなるべし。

うたかたの記上　一

「水　沫　集（みなわ集）」

行なっていた学校は、文科大学（東大）＝ブッセ、専門学校（早大）＝小屋（大塚）保治、慶応義塾＝森林太郎の三校で、東大の美学講座の創設は翌二十六年、ケーベルについで明治三十三年からは、ドイツから帰朝した夏目漱石の友人大塚（小屋）保治が、日本人としての基礎を築いたのであるから、美学の方面でも鷗外の先駆者的役割は大きなものであった。

鷗外の美学的立場は、明治二十九年春陽堂から刊行された文学評論集『都幾久斜《つきくさ》(月草)』の「叙《じょ》」(序文）に表明されている。これは序文とはいっても、独立の論文といえるほど長く重量感にあふれたもので、鷗外は標準的美学の必要を強調し、それをハルトマンの美学に求めたのであるが、その限界を説くことも忘れなかった。

鷗外の慶応での美学講師は、日清戦争出征《しゅっせい》まで続けられた。

鷗外は明治二十五年十一月、『しがらみ草紙』第三十八号にデンマークのアンデルセン作『即興詩人《そっきょうしじん》』の翻訳を載《の》せ始め、完結までに九年の星霜《せいそう》を費《つい》やして、日清戦争による『しがらみ草紙』廃刊後は、『目不酔草《めざましぐさ》』に続載され、三十四年二月十五日の『目不酔草』巻の四十九で完結された。

『即興詩人《そっきょうしじん》』

イタリアのローマで生まれ、六歳で孤児になったアントニオが、情ぶかい人に育てられて成長し、アヌンチャタという歌劇女優に恋をしたけれども、運命にもてあそばれて別れ、イタリアの各地を流れ歩き、即興詩人として成功して、おちぶれたアヌンチャタにめぐり会ったが、あらためて訪ねた時は、彼の幸福を祈る書き置きをして、行方知らぬ旅に出た後であったというのが、この小説のあらすじである。

この鷗外の『即興詩人』は、佐藤春夫のいう「和漢洋三体の長所を集めた」文体の極地というべき、名訳であった。

「君はこよひの舞台にて、むかし羅馬《ローマ》の通衢《おおじ》を駆《か》るに凱旋《がいせん》の車をもてせしアヌンチャタが、いかに賤客《せんきゃく》に嘲《あざけ》られ、口笛吹きて叱責《しっせき》せられたるかを見そなはし給ひしなるべし。私

「即興詩人」の表紙

は運命の蹙《せば》まりしと共に、胸狭くなりしを自ら覚え居候《おりそうろう》。扨《さて》見苦しき仮住《かりずま》ひに御尋《おたずね》下され候時《そうろうとき》、我目を覆《おお》ひし面紗《ベエル》の忽《たちま》ち落つるが如く、君の初より真心もて我を愛し給ひしことを悟《さと》り候ひぬ。汝こそは我を風塵《ふうじん》中に逐《お》ひ出しつれとは、君の御詞《おことば》なりしかど、私のいかに君を慕《した》ひまゐらせ、いかに君の方《かた》へ手をさし伸《の》べ居たりしをば、君のしろしめさゞりしを奈何《いかに》かせん。私は再び君に見《まみ》ゆることを得て、君の温《あたたか》なる唇《くちびる》を我手背《わがしゅはい》に受け候《そうら》ひぬ。今や戸外に送りいだしまゐらせて、私は再び屋根裏の一室に独座し居り候。この室をば直《ただ》ちに立退《の》き申すべく、此《この》ヱネアナをも直ちに立去り申すべく候。アントニオの君よ。願はくは我が為《た》めに徒《いたず》らに歎《なげ》き悲み給ふな。私は世には棄《す》てられ候へども、聖母《マドンナ》は私を護《まも》り給ふこと、君を護り給ふに同じかるべく候。アントニオの君よ、さきには我を思ひ棄て給へと申候へども、未錬《みれん》ともおぼさばおぼせ、猶《なお》親しかりし人のみまかりしを思ひ給ふが如く、我を思ひ給はんことのみは望ましく存参候《ぞんじまいらせそうろう》。」

『即興詩人』の与えた影響は非常に大きかった。『舞姫』以下において始めて西洋風な短編に接し、胸ときめかせた若い青年子女は長編『即興詩人』において胸いっぱいにたんのうすることが出来た。正宗白鳥も、二十代に読んだ翻訳文学の中で、最も忘れがたい印象をとどめているのは、この『即興詩人』と小金井喜美子の『浴泉記《よくせんき》』であると言っているし、小泉信三も昭和二十三年五月の『文芸春秋』に載せた『森鷗外』の中で次のように書いている。

「鷗外の作品としては、私はやはり第一に『即興詩人』を挙《あ》げたい。青年時代に偶々《たまたま》『即興詩人』を読み得たことは自分の幸福であつた。その青年時代を『即興詩人』を知らずにすごした人があるとすれば、それは大きな損《そん》をしたものだと私はいひたい。多くの読者と同じく、私もその幾《いく》つかの章をそらんじ得るまでにくり返して読んだ。イタリヤを旅行するとき其《その》一巻を携《たずさ》へたことも亦《ま》た人々と同じであつた。……ロオマ滞在中、子供らしい話であるが、私は小説中の遺跡《いせき》を一々尋《たず》ねて歩いて見た。」

『即興詩人』に心酔《しんすい》し、これを暗誦《あんしょう》した若い世代は、ロマンティックな心情でエキゾティックな西欧の雰囲気にあこがれ、アントニオとともに、ローマ、ナポリ、フィレンツェ、ヴェニス、ゼノアに遊び、アヌンチャタに恋し、盲目の少女に涙をそそぎ、即興の詩に感動したのである。「伊太利風土記《イタリふどき》の観《かん》」は鷗外自身の言葉であるが、小泉信三ならずとも『即興詩人』はベデカ（有名な旅行案内書）とともに、イタリア旅行にはなくてはならぬものであったという。こういう書物はヨーロッパの翻訳に関するかぎり空前絶後であろう。

『即興詩人』は、明治三十五年九月一日、菊判の上下二冊本として、春陽堂から刊行された。印刷に四号活字という大きな字を使ったのは、年老《お》い眼力の衰えても今なお鷗外の著作を読み続ける母へのやさしい配慮であった。

日清戦争

明治二十六年七月、陸軍軍医学校教官であった鷗外は、軍医学校長心得《こころえ》になり、この年十一月、陸軍一等軍医正に進級し、三十二歳の若さで軍医学校長に就任し、陸軍衛生会議議員を兼任した。十二月には中央衛生会委員となった。

軍医学校長時代の鷗外

明治二十七年八月一日、日清戦争が起こり、鷗外はこの月二十七日中路兵《ちゅうろへい》站《たん》軍医部長に任命され、二十九日東京を発《た》って、九月二日宇品《うじな》を出航し、朝鮮釜山《ふざん》におもむいた。このため『しがらみ草紙』は八月第五十九号をもって廃刊され、『衛生療病志』も十月第五十七号で廃刊となった。

十月一日、さらに大山巌《いわお》陸軍大将が司令官である第二軍兵站《へいたん》軍医部長となって、十六日宇品から再び出征し、二十四日花園口《かえんこう》に上陸、大連《だいれん》、柳樹屯、旅順口《りょじゅんこう》、その後さらに柳樹屯に移動した。十一月二十四日、鷗外はこれらの功によって勲《くん》六等に叙《じょ》され、瑞宝《ずいほう》章を授けられた。

明治二十八年四月二十一日、鷗外は陸軍軍医監（大佐相当官）に進級した。同月、日清講和条約が調印され、五月八日公布されたため、鷗外は五月十八日大連をたって、二十二日宇品に帰還した。しかし、直ちに宇品を出航し、台湾の反乱鎮圧《ちんあつ》に転征させられ、六月十一日台北《たいほく》に着いた。十四日台湾総督府が開設され、総督海軍大将樺山《かばやま》資紀の下で台湾総督府衛生委員に任じられ、七月二日同衛生事務総長心得、八月八日同陸軍局軍医部長となった。九月二日同部長の任を解かれ、二十二日台北をたって、十月四日東京に凱旋《がいせん》した。

鷗外はこの功《こう》によって、二十日功四級に叙され、金鵄勲章《きんしくんしょう》に年金五百円と単光旭日章《たんこうきょくじつしょう》を授けられた。三十一日あらためて陸軍軍医学校長となり、十一月十五日従五位に叙せられ、十二月二十一日被服糧食《ひふくりょうしょく》等審査委員となった。

『目不酔草《めざましぐさ》』

明治二十九年一月二十二日、再び陸軍大学校教官を兼任することになった鷗外は、一月三十一日、『しがらみ草紙』の後身である雑誌『目不酔草《めざましぐさ》』を創刊した。鷗外は『目不酔草』に文学・芸術に関する批評「鷸翮掻《しぎのはねかき》」（一号〜六号）を連載したが、以前の『しがらみ草紙』のような戦闘的啓蒙性《けいもうせい》はうすめられていた。三月以降、鷗外、露伴に斎藤緑雨《りょくう》が加わって合評《がっぴょう》形式の新作批評「三人冗語《じょうご》」（三号〜七号）を載せ、九月以降、「雲中語《うんちゅうご》」（八号〜三一号）と改め、依田学海《よだがっかい》、饗庭篁村《あえばこうそん》、森田思軒《しけん》、尾崎紅葉《こうよう》がこれに加わった。四月の四号の「三人冗語」で鷗外が樋口一葉の『たけくらべ』を激賞したのは有名である。また十七号から二十七号まで断続的に六回、「標新領異録《ひょうしんりょういろく》」と題して『好色一代女』『水滸《すいこ》伝』など和漢近世文学の合評が行な

「めざまし草」の表紙

観潮楼の庭での「三人冗語」の筆者
（左から鷗外　露伴　緑雨）

われた。しかし、三十一年後半になると「標新領異録」「雲中語」が廃止されて、作品評も三十二年一月三十四号からは「雲中独語」のみとなり、三十二年六月の鷗外の小倉転任もあって、次第に文壇性を失っていった。なお『即興詩人』の「をかしき楽劇」以下が連載され、三十四年二月四十九号をもって完結したことは前にも述べた。この『目不酔草』は三十五年三月、鷗外の東京帰任後に廃刊され、『芸文《げいぶん》』『万年艸《まんねんそう》』に引き継がれることになった。

明治二十九年四月四日、鷗外の父静男が萎縮腎《いしゆくじん》及び肺気腫《はいきしゆ》のため死亡した。享年《きようねん》六十一歳であった。十二月十八日、前に述べた評論集『都幾久斜《つきくさ》(月草)』が春陽堂から刊行された。菊判九百九十六ページ、索引十一ページの大冊であった。後、品切れとなったので春陽堂からしきりに再版を申し出たが、鷗外は承知しなかった。坪内逍遥との論戦文が多いために、逍遥に対してさしひかえたのである。

明治三十年一月一日、中浜東一郎、青山胤通らと公衆医事会を設立し、雑誌『公衆医事』を創刊した。三月二十四日、鷗外は陸軍武官官等表改正によって、新たに陸軍一等軍医正となった。五月二十八日、小金井喜美子と共著の翻訳・評論集『かげ草』を春陽堂から刊行し、八月『新小説』に洒落本式の小説『そめちがへ』を載《の》せた。九月、鷗外は兼職の陸軍大学校教官を辞し、十月中央衛生会温泉及び海水浴取調法委員となった。

明治三十一年十月一日、鷗外は近衛《このえ》師団《しだん》軍医部長兼陸軍軍医学校長に任命された。近衛師団は、天皇の親兵として、宮城の守衛および儀式などに参列する栄誉ある師団であった。しかし、鷗外の心は面白くなかった。

苦しみの中で

小倉へ左遷《させん》

明治三十二年六月八日、三十八歳の鷗外は、軍医監となって第十二師団軍医部長に任命された。第十二師団は福岡県の小倉《こくら》にあって、今まで天皇を守る近衛師団《このえしだん》の軍医部長で軍医学校長として、中央の輝ける地位にいた鷗外にとっては、明らかな左遷《させん》であった。

この小倉左遷は、鷗外と同窓で、鷗外の陸軍入りに力を尽してくれ、それ以来親しく交際して来た、当時の医務局長小池正直と、小池を後からあやつった、鷗外にとってドイツ以来の上官で元医務局長の石黒忠悳《ただのり》の、鷗外に対する反感が原因していた。鷗外と小池との仲は互いに進級してくるにつれて悪くなり、鷗外の医学上、文学上の名声があがるにつれ、小池の心には面白くないものがたまっていたし、部下の信頼も鷗外の方がずっとあるのでますます面白くなかったのであろう。前年の明治三十一年の春過ぎた頃、鷗外のもとへ小池から石坂局長が遠からず休職になるので、自分と菊池と君と同時に軍医監に昇進し、三人で陸軍軍医界に貢献しようという内相談があって、先輩として局長の椅子はまず自分に与えてほしいとの話があった。そして八月四日の辞令で、小池はまず陸軍軍医監となり陸軍局医務局長に就任した。ところが十月一日の辞令では、前にも述べたように鷗外は軍医監を除外され、今まで話もなかった小野敦善が、菊池と並んで軍医監となり、第一師団軍医部長兼陸軍衛生会議議長となった。かくしてこの年の九州小倉への左遷の辞令になったのである。この人事異動は近衛師団や軍医学校の部下たちにもまったく意外で、近衛師団の伊藤百蔵軍医などは鷗外の留任を希望して、ストライキもやりかねない形勢であった。

このような人事に憤慨した鷗外は、すぐに辞職の決心をしたが、親友賀古鶴所が「せっかくこれまで勤めて来て、勤務上の失敗もなく、小池がどう思ってもとうていやめさせる口実もないから、今度の転任でこれでもやめぬかと試みたらしいのに、自分から退くのは相手の思う壺にはまるもの、ここは辛抱して九州でも四国でも朝鮮でも命じられるままに従って乗ずる隙《すき》のないようにして、他日力をふるうべき地盤を作る方が良いだろう」と忠告し、弟たちもさかんに止《と》めたので、鷗外も思いとどまって、小倉に行くことにしたのである。このため、美術解剖学や美学の講義をしていた東京美術学校と慶応義塾の講師も辞職せざるをえなかった。

小倉赴任の初めは不平のあまり「隠流《かくしながし》」などの号をもちいた鷗外であるが、次第に上官の師団長井上光中将や参謀

第十二師団軍医部長就任当時の鷗外

長山根武亮工兵大佐にも深く信任され、公私の友人もできて愉快な日を過ごすようになっていった。馬借町のカトリック教会の宣教師ベルトランについてフランス語を学びはじめたり、梵語《ぼんご》（古代インドの文語）やロシア語の独習もはじめた。

このころ鷗外は、小倉市鍛冶《かじ》町八十七番地に家を借り、女中をやとって静かに暮らしていたが、小倉に来て半年後、鷗外が東京の弟にあてて書いた手紙によると、毎日の生活は次のようであった。午前九時出勤して午後三時に退出すると、洋服をかえてフランス語の教師のところへ教わりに行き、六時に帰って湯に入ってから夕食し、直ちに葉巻一本をくわえて散歩に出る。一本がなくなるまで小倉の町をあちこち歩きまわると、丁度一時間位たっていて家に九時頃帰り着く。それからフランス語のノートを清書し、また梵語《ぼんご》の勉強を少しやると十時半か十一時になり、直ちに寝るというのである。これはふだんの日のことで、火曜と土曜は、フランス語を習うかわりに、師団長をはじめとする師団の将校のために、クラウゼヴィッツの『戦争論』の講義をしに出掛《か》けた。クラウゼヴィッツの『戦争論』は明治三十六年、鷗外の訳で『大戦学理』として刊行され、鷗外の晩年に強い影響力をもつことになった山県有朋《やまがたありとも》との深い結合をもたらす原因となった。

resignation《レジグネイション》の態度

明治三十三年元旦、鷗外は福岡日日新聞に『鷗外漁史とは誰ぞ』をのせた。「予《よ》は一片誠実の心を以《もっ》て学問に従事し、官事に鞅掌《おうしょう》（忙しく働く）して居ながら、その好意と悪意とを問はず、人の我真面目を認めてくれないのを見るごとに、独り自ら悲しむことを禁ずることを得なかつたのである」といい、「鷗外漁史はこゝに死んだ」と書いた。そしてまた「予《よ》は私《ひそか》に信ずる。今此陬邑《このすうゆう》（かたいなか）に在つて予を見るものは、必ずや怨懟《えんたい》不平の音《ね》の我口から出ぬを知るであらう。予は心身共に健《すこやか》で、此《この》新年の如く、多少の閑情雅趣《かんじようがしゆ》を占《し》め得たことは、曽《かつ》て書生たり留学生たりし時代より以後には、殆《ほとん》ど無い」とも述べた。文学者鷗外漁史は死に、軍医監森林太郎は流されて、鷗外は初めてここに自分を見つめる時間を得、健康をえて自分を傍観する余裕をえたのである。

この年二月一日の『二六新報』から、鷗外は千八《せんぱち》の名で『心頭語《しんとうご》』を載せはじめた。これは翌三十四年一月十八日まで、断続八十七回載せられたが、その中には「敵の残酷」と題して次のようなものがある。

「敵はいかに汝を罵《ののし》り辱《はずかし》むとも、これに対《こた》ふるに罵詈凌辱《ばりりようじよく》をもてすること勿《なか》れ。彼熱すとも汝は冷なれ。彼動くとも汝は静なれ。猶《なお》一歩を進めて言はゞ、敵の残酷は罵辱《ばじよく》の裡《うち》に在らず。敵の党を樹《た》て勢を張りて、汝を社会の外《ほか》に駆《か》り、生《いき》ながら汝を埋《うず》め去らんと欲するや、汝の云《い》ふところ為《な》すところは、何の反響をも生ぜず、敵は汝を空気あつかひにするならん。……凡《およ》そ敵の云為《うんい》はいかに残酷ならんも、その不公平なら ん限《かぎり》は、決して時間に抗すること能《あた》はず。時間黙移の中には、一たび破れたる均衡《きんこう》の必ず再び故《もと》に復《かえ》るを見るものなり。」

こうした余裕のある心境が、鷗外の人生観の神髄《しんずい》を形づくった **resignation**《レジグネイション》（あきらめ）の態度になった。**resignation** の態度は、明治四十二年十二月の『新潮』に『予が立場』の題で明らかにされた。

「私の考《かんがえ》では私は私で、自分の気に入つた事を自分の勝手にしてゐるのです。それで気が済《す》んでゐるので

鷗外の妻 志げ

す。人の上座に据《す》ゑられたつて困りもしないが、下座に据ゑられたつて困りもしません。……私の心持を何といふ詞《ことば》で言ひあらはしたら好《よ》いかと云ふと、resignation だと云つて宜《よろ》しいやうです。私は文芸ばかりでは無い。世の中のどの方面に於《おい》ても此《この》心持でゐる。それで余所《よそ》の人が、私の事をさぞ苦痛をしてゐるだらうと思つてゐる時に、私は存外平気でゐるのです。」

この resignation の態度を直線につなぐものが「あらゆる為事《しごと》に対する『遊び』の心持」（明治四三・八『三田文学』掲載の『あそび』）である。この時は、鷗外はすでに小倉を去ってから八年たっており、心の余裕を充分に持った落着いた心境に達しているが、そうした態度や心境は、この小倉時代の苦しみの中に芽生えたのである。

この年十一月二十三日、鷗外は安国寺の住職玉水俊虠と知り合い、十二月四日から彼に唯識論の講義を受け、交換《こうかん》に鷗外はドイツ語の西洋哲学入門書を訳読してやった。その趣《おもむ》きは大正四年の『二人の友』に書かれている。『二人の友』のモデルのもう一人は、一高のドイツ語教授になった福間博である。

十二月二十四日、鷗外は小倉での二度目の住居である京町五丁目百五十四番地に転居した。

第二の結婚

最初の夫人登志子と別れて十一年余り独身であった鷗外は、もと大阪控訴院《こうそいん》長をつとめた大審院《だいしんいん》判事荒木博臣の長女志げとの婚約がととのって、明治三十五年一月四日、東大助教授医学博士岡田和一郎の媒妁《ばいしゃく》で結婚した。時に鷗外四十一歳、志げ二十三歳であった。志げは、明治屋渡辺勝太郎に嫁《か》したが離婚されて家に帰っていたから、鷗外同様再婚であった。

志げは、のちに小説集『あだ花』を出版するような才女であり、また非常な美人であった。志げが美人であったのは、鷗外の第一の結婚が破れた原因の一つを、母峰子は登志子の不美人のゆえと思いこみ、次の結婚には美人をと心がけたことがあったから、そのめがねにかなったもので、峰子自身も世にこのような美人がいるかと驚くほどだったという。後藤末雄は「鷗外先生を語る」（昭一三・六『文芸春秋』）のなかで、志げとの初対面の印象を次のように述べている。

「夫人は三十四五歳であつたらう。年頃としては、渋好みの身なりであつた。細面で、色の浅黒いのが目についた。眉毛《まゆげ》は濃く、眼にはさしたる特色もなかつたが口許《くちもと》が小さかつた。そして話をされると言葉が唇から零《こぼ》れるかと思はれた、やさ形で手先も華奢《きやしや》であつた。そして衣裳といひ、態度といひ、端然として一分の隙もなかつた。殊《こと》に整つた目鼻立ちに、薄化粧なのが品よく見えたが、色の浅黒いせゐか、ドツカ顔に『險《けん》』があつた。

まつたく『奥方』といふ言葉の内容から野暮な要素を抜きとり、『御新さま』といふ言葉の意気な分子も『奥方』の語義に加へたのが鷗外夫人の外貌であつた。『意気で高等』といふ形容詞は言葉の内容其者が可《か》なり矛盾してゐるから、斯《か》ふいふ女性に出逢つたことがなかつた。併《しか》し鷗外夫人こそ正に此の形容詞を以《も》つて修飾すべき唯一の存在であらう。」

鷗外は帰京して結婚式は観潮楼であげられたが、八日ふたたび妻をともなって小倉に帰った。

再び東京へ

明治三十五年三月十四日、鷗外は第一師団軍医部長を命じられて、ほぼ三年近い小倉生活を終わり、二十八日東京の観潮楼に帰った。小倉での鷗外の私生活は先の『二人の友』のほか『鶏《にわとり》』『独身』等によってうかがわれる。

ふたたび観潮楼に住むことになった鷗外は、この年六月二十五日、上田敏の「芸苑《げいえん》」と合同して『芸文《げいぶん》』という雑誌を創刊した。ほかに平田禿木《とくぼく》、畔柳芥舟《くろやなぎかいしゅう》、登張竹風《とばりちくふう》、戸川秋骨《しゅうこつ》らが参加した。しかし、出版を引き受けた本屋と意見が合わず、二号でやめて、十月に新しく『万年艸《そう》』という雑誌を発行した。これは同人や雑誌の性格も『芸文』とほとんど変らなかった。創作小説は一編もなく、評論、翻訳、詩歌などが中心で、上田敏訳のブッセの有名な詩『山のあなた』もこれに載った。巻末の評語集の筆者は鷗外であった。この雑誌も三十七年三月、鷗外の日露戦争出征のため、十二号で廃刊された。

鷗外がまだ小倉にいた明治三十三年、弟の篤次郎が『歌舞伎』という雑誌を創刊した。篤次郎は東大医学部を出て、日本橋で病院を開いていたが、歌舞伎が好きで三木竹二の筆名でこの雑誌を主宰《しゅさい》した。鷗外はこの弟の雑誌に、演劇についてのいろんな評論や随筆をたびたび書いてやっていたが、三十五年十二月、初めての戯曲『玉篋両浦島《たまくしげふたりうらしま》』を『歌舞伎』の号外として発表した。その後三十六年六月からは、鷗外の口述するのを記者に筆記させた西洋戯曲の梗概《こうがい》を載せ、三十九年十月からは本格的に『観潮楼一夕話《いっせきばなし》』と題して、西欧戯曲の口訳による紹介を載せはじめ、晩年まで掲載するなど、日本に近代劇の運動が起こるきっかけを作った。鷗外の翻訳した作品は、イプセン、ストリンドベルヒ、ハウプトマン、シュニッツラーなど多種

「万年艸」創刊号

「芸文」創刊号

多様の傾向の作家にわたっていた。その頃帝国大学の学生であった小山内薫《おさないかおる》が、観潮楼を訪れるようになったのは、この明治三十六年ごろである。

明治三十七年一月十九日、乃木希典《のぎまれすけ》陸軍大将が第一師団軍医部に鷗外を訪問し、長男の勝典少尉が買いたいというドイツの小説を許してもよいものかどうかということを、鷗外に問いに来た。厳格な中にも乃木大将の子を思う真心がうかがわれるエピソードであった。

日露戦争

この年二月十七日、ロシア帝国に宣戦布告が出され、鷗外は三月六日、第二軍軍医部長に任命されて、二十一日東京をたって広島に赴任《ふにん》した。軍司令官奥保鞏《やすかた》大将の幕僚《ばくりょう》となり、二十七日『第二軍の歌』を作り、戦陣での感慨を詠《よ》んだ『うた日記』をつけ始めた。この戦争では鷗外は戦地から『心の花』や『明星』に、しばしば短歌や詩を寄稿している。

四月二十一日宇品を出航し、連合艦隊司令長官東郷平八郎大将と会見したりして、五月八日猴児石に上陸し、以後満州各地に転戦した。翌三十八年二月末から三月十日にかけての奉天《ほうてん》会戦に勝利をおさめ、鷗外は残留ロシア赤十字社員の帰還にあたって、全権をになって尽力したりしたが、九月日露講和条約が調印され、翌三十九年一月十二日、東京に凱旋した。鷗外は四月一日その功によって、功三級金鵄勲章《きんしくんしょう》と年金七百円、それに勲二等旭日重光章《きょくじつじゅうこうしょう》を与えられた。

しかし、何よりの収穫は、戦陣にあってもなお衰えなかった鷗外の文学者魂《だましい》によって書かれた『うた日記』である。奉天会戦の後で部下の軍医が、会戦の感想を聞きたいとたずねた時、鷗外は「いやしくも軍服を身につけた軍人が戦争の感想など言えるはずがない。強《し》いて言うならば、悲惨の極《きょく》とでも言わねばならんじゃないか。そういうことはちと慎《つつ》しんだらよかろう」と言ったというが、こういう軍人でありながら、『うた日記』を書き続けたというところに、それがどんなに理性によって抑制された詩歌であったとしても、鷗外の豊かな感受性、文学者の精神というものがうかがえる。『うた日記』には戦争への懐疑はなかったというのが定説のようであるが、「唇の血」「乃木将軍」などの壮烈な感動には、悲惨の極をあえて抑制《よくせい》したポーズがうかがえる。『うた日記』は明治四十年九月十五日、春陽堂から刊行された。

この三十九年の鷗外は、四月八日佐佐木信綱《のぶつな》らの竹柏会《ちくはくかい》の大会で『ゲルハルト＝ハウプトマン』と題して講演したり、六月十日賀古鶴所と発起人となって、山県有朋《やまがたありとも》を中心に常盤会《ときわかい》という歌会を結成したり、十一月の『心の花』に小説『朝寝』を九年ぶりに発表したりした。八月十日、鷗外は第一師団軍医部長に復職し、陸軍軍医学校長兼《けん》事務取扱となった。

観潮楼歌会

明治四十年元旦、鷗外は『心の花』に小説『有楽門』を発表し、三月からは毎月一回観潮楼歌会を自宅で開き、竹柏会の佐佐木信綱、新詩社の与謝野鉄幹、根岸派の伊藤左千夫を中心に、石川啄木、吉井勇、平野万里、太田正雄（木下杢太郎）らが最初から来会し、四十二年の夏まで斎藤茂吉など多くの人が加わって継続された。

この歌会は新詩社の人々が中心になり、鷗外の好みはもっと擬古的《ぎこてき》にかたむいていたため、予期したほどの効果をあげられなかったが、国詩として伝統ある和歌を振興《しんこう》させようとする鷗外の意気ごみが感じられた。四十一年九月、和歌に関する意見を『門外所見《もんがいしょけん》』として山県有朋に呈《てい》したのも、鷗外の歌に対する熱意の現われであった。その後も鷗外は折にふれて歌を作り、四十二年の『我百首』のような野心的な試みもしているが、詩をも含めて、この種の抒情詩にそう大きな期待を寄せることはなかった。

陸軍軍医総監　この四十年十一月十三日、鷗外はライバル小池正直の後をうけて、陸軍軍医総監となり、陸軍省医務局長に就任した。軍医総監は、中将相当の官位で軍医としては最高の地位であった。また医務局長としては、松本順（二回）、林紀、橋本綱常、石黒忠悳、石坂惟寛、小池正直について、第八代目の局長であった。この最高位に九年間いた鷗外は、この地位の安定をえたことによって、以後ふたたび多くの創作や翻訳に従事することになった。

公職ではそのほか、この年から開催された文部省美術展覧会（文展）のための美術審査委員会の第二部（洋画）委員を命じられ、その後大正七年まで毎年委員に選ばれたり、翌四十一年には文部省の臨時仮名遣《つかい》調査委員会の委員となったり、文部省の教科用図書調査委員会の委員、臨時脚気《かっけ》予防調査会の会長、日本薬局方調査会の委員などを命じられた。

四十一年の六月二十六日、文部大臣官舎で開かれた臨時仮名遣調査委員会の第四回会合で、鷗外は『仮名遣意見』を演説したが、これは文部省提出の折衷的《せっちゅうてき》な新仮名遣案を徹底的に排撃《はいげき》して、古典的な歴史的仮名遣《づかい》いを主張し、理路整然、論旨堂々《ろんしどうどう》、これによってこの新仮名遣案は撤回され、多年にわたってもみ続けた仮名遣いの問題は一応の結着に達し、委員会そのものまで解散するに至った。現在、仮名遣の問題は鷗外の論旨と逆の方向に展開して紛争《ふんそう》しているが、鷗外のこの新論は永久に一方の基準を示すものとして参照されるだろう。

また、十月には『小説家に対する政府の処置』を文部次官に提出し、芸術家を優遇するため芸術院または文芸院の設立を建議したが、文学者の反対にあって実現せず、四十四年文芸委員会と形をかえ、これも鷗外訳の『ファウスト』を出したのみで自然消滅してしまった。

ふたたび文壇へ

明治四十二年から、鷗外はふたたび盛んな文学活動を始める。そしてこの前後十年ほどの間に、鷗外のおびただしい創作のほとんど全部が書かれたのである。木下杢太郎《もくたろう》は鷗外のこの時代（大正六年まで）を「豊熟の時代」と名づけている。杢太郎はこの盛んな文学活動の原因として、

盛んな文学活動

㈠　三十八年以来夏目漱石が『吾輩は猫である』『坊っちゃん』『虞美人草《ぐびじんそう》』などの傑作を書いて、文名が高くなったので、それに刺激されて腕がむずむずしたこと（『ヰタ・セクスアリス』に鷗外自らそのことを書いている）

㈡　そのころの新しい時代の文学を主張した田山花袋らの自然主義に対する反感、

㈢　雑誌『スバル』が創刊されて発表機関を提供したこと、

㈣　雑誌『歌舞伎』（弟の三木竹二は四十一年に亡くなったが雑誌は続けられた）がしきりに口述筆記によりヨーロッパの戯曲の翻訳や梗概《こうがい》を求めて掲載し、これがまた気楽に創作の筆をとらせる機縁となったこと、

㈤　陸軍での地位が安定して周囲に対する遠慮や気がねなしに物が書けるようになったこと、の五カ条をあげている。いま、この期間に書かれた主な作品をあげてみると次のようになる。

四十二年――戯曲『プルムウラ』『仮面』『静《しずか》』小説『半日』『追儺《ついな》』『魔睡《ますい》』『大発見』『キタ・セクスアリス』『鶏《にわとり》』『金貨』『金比羅《こんぴら》』

四十三年――『独身』『杯《さかずき》』『里芋《さといも》の芽と不動の目』『青年』(翌年にかけて)『普請中《ふしんちゅう》』『花子』『あそび』『沈黙の塔』『食堂』戯曲『生田川《いくたがわ》』

四十四年――『蛇』『カズイスチカ』『妄想《もうそう》』『心中』『雁《がん》』(大正二年にかけて)『百物語』『灰燼《かいじん》』(翌年にかけて。未完)

四十五年――『かのやうに』『不思議な鏡』『鼠坂《ねずみざか》』『吃逆《しゃつくり》』『藤棚《ふじだな》』『羽鳥千尋《はとりちひろ》』『田楽豆腐《でんがくどうふ》』『興津《おきつ》弥《や》五右衛門《ごうえもん》の遺書《いしょ》』

大正二年――『阿部一族』『佐橋甚五郎《さばしじんごろう》』『鎚一下《つちいっか》』『護持院《ごじいん》ヶ原《はら》の敵討《あだうち》』

大正三年――『大塩平八郎』『堺事件』『安井夫人』史伝『栗山大膳《たいぜん》』随筆『サフラン』

大正四年――『山椒大夫《さんしょうだゆう》』『二人の友』『魚玄機《ぎょげんき》』『ちいさんばあさん』『最後の一句』感想『歴史其儘《そのまま》と歴史離《ばな》れ』詩集『沙羅《さら》の木』

大正五年――『高瀬舟』『寒山拾得《かんざんじっとく》』史伝『椙原品《すぎはらしな》』『渋江抽斎《ちゅうさい》』『伊沢蘭軒《らんけん》』感想『空車《むなぐるま》』

大正六年――史伝『都甲太兵衛《とこうたへえ》』『細木香以《かい》』『小島宝素《ほうそ》』『北条霞亭《かてい》』(十年にかけて)感想『なかじ

きり』

このように、明治二十三年『舞姫』『うたかたの記』二十四年『文づかひ』以来、二三の小説がその間に書かれただけという沈黙時代の後だけに、まさに「豊熟の時代」と呼びうる旺盛《おうせい》な文学活動であった。これは前にも書いたような忙しい軍務や公職の間に書かれたのであるから、まことに驚くべき多力ぶりである。このほかにも、ここに書かれた作品数以上の翻訳があり、詩歌や評論や随筆風の文章も数多く書かれたのである。

「スバル」創刊号

『スバル』

鷗外のはなばなしい文学活動の原因の一つとなった雑誌『スバル』は、明治四十二年一月に創刊された。前年の十一月に百号をもって廃刊された『明星』のあとをうけて、『明星』関係の青年詩人たちである、平野万里、石川啄木、吉井勇、北原白秋、木下杢太郎《もくたろう》、高村光太郎らが同人の中心であった。これを側面から援助したのは、与謝野鉄幹《てっかん》、晶子《あきこ》、蒲原有明《かんばらありあけ》、薄田泣菫《すすきだきゅうきん》らで、『三田文学』の永井荷風《かふう》、『新思潮』第二次の小山内薫《おさないかおる》、谷崎潤一郎《じゅんいちろう》、『方寸』の画家石井柏亭《はくてい》らもしばしばこれに寄稿した。そして、こういうスバル派の全体を導いたものは、鷗外と上田敏であった。ことに鷗外の比重の大きさは、後に述べるようにこの時期を代表する著作が続々と誌上に発表されたことのほか、その妻志げ、妹小金井喜美子らが、かなりの数の創作を誌上に掲げていることからも知られる。『明星』と『スバル』とをなかだちし、その血脈を思わせる誌名『スバル』を選定したのも鷗外であった。

鷗外は『スバル』に、『半日』『仮面』『魔睡《ますい》』『キタ・セクスアリス』『鶏』『金貨』『金比羅《こんびら》』『独身』『里芋《さといも》の芽《め》と不動の目』『青年』『雁』戯曲『プルムウラ』『静』短歌『我百首』などを発表した。四十二年の鷗外の発表したほとんどの作品と、四十三年には『三田文学』が創刊されたので、これ以後の明治年間の代表作とがここに掲載されたのである。

『スバル』は鷗外を除いては、韻文《いんぶん》分野に光彩を示し、白秋の『思ひ出』、杢太郎《もくたろう》の『食後の唄《うた》』、光太郎の『道程』などの代表詩集に収録された詩編、白秋の『桐の花』、勇の『酒ほがひ』などの代表歌集に収められた短歌などが誌上に掲げられ、耽美享楽《たんびきょうらく》の世界を展開し、スバル派自体の方向を明らかにしている。大正二年十二月廃刊するまで、通算六十冊を世に送った。なお、鷗外が四十二年三月から『スバル』に連載した「椋鳥通信《むくどりつうしん》」は、欧米各国の最近の思潮や文学上の新事実を紹介したもので、大いに若い人々の好評を博したものであった。

この明治四十二年の七月二十四日、鷗外は文学博士になったが、同じ月の『スバル』に載った小説『キタ・セクスアリス』が、男女のことをあまり大胆に書いているというので発売禁止になったという、皮肉なこともあった。

鷗外と漱石

明治四十三年一月、鷗外は慶応義塾文学部刷新《さっしん》の事に関与《かんよ》して、中心となる重要な人物を呼ぶことがまず先決問題だと考え、夏目漱石に第一に交渉したが、漱石は朝日新聞に入社していたし、東大教授をやめて以来、京都大学、早稲田大学からも口がかかっていたのに辞退していたから、今度の慶応のことも固く辞退した。そこで鷗外は京都大学にいる上田敏を招こうとしたが、上田敏も京都を去れず、文学顧問の名義で鷗外を助けることで、この年九月から開講される三高のフランス語科の教師を志望していた永井荷風を、鷗外の第三番目の推挙で自らの代りに交渉した。その結果、永井荷風は義塾最高の給与百五十円で文学科の教授となり、五月創刊の『三田文学』の発展に、荷風、敏、鷗外の三人で力を尽すことになるのである。これは漱石が断わった話であるが、鷗外も、漱石に前年の四十二年に朝日新聞文芸欄の泉鏡花の小説『白鷺』に続く連載小説を頼まれたが断わり、永井荷風の『冷笑』がこれに代ったことがあった。いずれも永井荷風がその責任をはたすことになった。

鷗外と漱石といえば二大文豪であるが、互いにいちはやく相手の文学的才能を認めあった話はよく知られている。漱石は鷗外の『舞姫』などを二十四年に読んでほめたために正岡子規に怒られたたし、鷗外は漱石の『倫敦塔《ロンドンとう》』『坊っちゃん』などの作品を三十九年に雑誌から切り取って自ら製本し、長男の於菟に与えて読ませた。二人の文豪が初めて顔を合わせたのは、明治四十年十一月二十五日で、上田敏の外遊を送る会が与謝野鉄幹の肝《きも》入りで上野精養軒で開かれた時であった。この会を機会として青楊会《せいようかい》が生まれた。命名者は鷗外であった。四十一年四月の第三回青楊会で二人は再び出逢い、精養軒の主人のために二人で句を送った。

鷗外の小説『青年』は漱石の『三四郎』に触発《しょくはつ》された作品といわれ、漱石をモデルにしたといわれる平田拊《ふ》石《せき》という人物も登場した。その後、鷗外は漱石に病気見舞や著書をたびたび送ったりしたが、淡々たる水の如き君子の交りであった。六年ほど早かった漱石の葬儀に鷗外は、霜降りの外套に中折帽をかぶって参列し、受付の芥川龍之介に名刺をさし出したのである。

大逆事件

明治四十三年五月、大逆事件という不祥事が起こって、幸徳秋水らの死刑の判決が翌四十四年一月にあった。この事件は、四十三年五月以降、幸徳秋水ら数百名の社会主義者が検挙され、明治天皇暗殺を計画したかどで幸徳ら二十六名が起訴され、翌年一月二十四日幸徳以下十二名が死刑に処せられた事件である。

当時は弁護士で誰一人として社会主義と無政府主義との区別さえ正確に知ったものはいなかった。明星派の歌人で『スバル』の経営を担当した同人の平出修《ひらいでしゅう》も弁護士の一人で、幸徳事件の弁護を引き受けたが、弁論の始まる前にその正確な知識を誰かに聞きたいと与謝野鉄幹に相談し、鉄幹は平出を観潮楼に伴って、その事を依頼した。鷗外はかねて西欧における主義者に関する文献を収集し、また新聞雑誌を通して最近の動静をも明確にしていたので、直ぐに代表的文献を書庫から出して、ロシア、イタリア、ドイツ、フランス、ポルトガルなどにおける両主義者の最近の運動に至るまで、数晩にわたって語ったのが、非常に平出の参考となり、その弁論には先輩の弁護士花井卓蔵法学博士も感心し、被告中教育ある数人をして「平出氏のあの弁護があった以上、死んでも遺憾ない」といって感泣させたという。平出修は、大逆事件の真相に迫る『逆徒』（大正二・九『太陽』、発禁）のほか、『計画』『畜生道』などのこの事件に取材した作品がある。また、彼の伝えた事件の真相が石川啄木に、国家権力への激しい怒りを与え、自ら社会主義者たらんと自覚せしめ、『時代閉塞《へいそく》の現状』を書かせて、自然主義を批判させたのは有名である。

この事件が、そのほか当時の文学者にいかに衝動を与え、その影響をとどめた多くの作品を生み出させたかは、枚挙にいとまがないほどである。永井荷風が『紅茶の後』のなかで、この裁判に抗議しえない自分、抗議する勇気のない文学者としての自分に羞恥《しゅうち》を感じ、みずから文学者失格を宣言して、戯作者世界に逃げこんだのも、近代文学史の大きな出来事であった。

鷗外の大逆事件に影響されて書かれた作品は、『沈黙の塔』『食堂』、そして『かのやうに』『吃逆《しゃっくり》』『藤棚』『鎚一下《つちいっか》』の四作の、いわゆる五条秀麿ものであった。『沈黙の塔』は、学問や芸術の自由を圧迫する当局者の盲目的な為政方針《しせいほうしん》に対する批判がこめられた作品で、高い官職にいる鷗外としては相当に思い切ったことをいっている。『食堂』を読めば、鷗外が平出修に語った無政府主義概論の内容がどんなものであったかは察せられる。鷗外の意見を代表する木村は、現存秩序の破壊は認めないが、ある程度の抵抗は示している。『かのやうに』は鷗外が、当時枢密院《すうみついん》議長で公爵であり元師であった山県有朋から、危険思想対策の方法を求められ、それに応じて書いた作品であった。従って、前二作のように弾圧に抵抗するような考えは認められず、心理は複雑に屈折して、鷗外は折衷主義、妥協主義をとるような立場に立っている。

乃木大将の殉死《じゅんし》

明治四十五年七月三十日に明治天皇が崩《ほう》ぜられ、大正元年と称することになった九月十三日、明治天皇の御大葬《ごたいそう》が青山斎場で行なわれたが、この日に乃木大将夫妻が天皇に殉死した。鷗外の九月十三日の日記には次のように書かれている。

「九月十三日（金）。晴。轜車《じしゃ》（ひつぎぐるま）に扈随《こずい》（付き従う）して宮城より青山に至る。午後八時宮城を発し、十一時青山に至る。翌日午前二時青山を出でて帰る。途上乃木希典夫妻の死を説くものあり。予半信半疑す。」

また十八日の日記には次の如くある。

「十八日（水）。半晴。……午後乃木大将希典の葬を送りて青山斎場に至る。興津弥五右衛門を草して中央公論に寄す。」

この明治四十五年の元旦、鷗外は乃木大将邸に年賀に行き、午餐に稗飯《ひえめし》をふるまわれた。また日露戦争の二〇三高地で、いとしい息子の戦死にまつ毛さえ動かさなかった乃木将軍の姿を鷗外はかつて『うた日記』に書き、この戦争で死んだもう一人の息子勝典のために、鷗外は小説の善《よ》し悪《わる》しを問われて答えたこともあった。因縁浅からぬ間がらであった。乃木大将は二人の息子を国のため日露戦争に戦死させ、今ふたたび明治天皇に夫妻ともども殉死したのである。鷗外にとってもこの出来事は、大きな衝撃であったはずである。

『興津弥五右衛門の遺書』

乃木将軍の殉死は、鷗外に『興津弥五右衛門の遺書』を書かせた。これは殉死後五日目に完成した、鷗外の歴史小説の第一作で、十月の『中央公論』に発表された。この作品以後、鷗外は歴史小説を書いて行くことになる、方向転換の作品であったことも重要なことである。またその文体も発想も、これまでの作品とはひどく違っていた。

「それは奈何《いか》にも賢人らしき申条《もうしじょう》なり。乍去某《さりながらそれがし》はただ主命と申物《もうすもの》が大切なるにて、主君あの城を落せと被《おお》仰候《せられそうら》はば、鉄壁なりとも乗り取り可申《もうすべく》、あの首を取れと被仰候はば、鬼神なりとも討ち果たし可申と同じく、珍しき品を求め参れと被仰候へば、この上なき名物を求めん所存なり、主命たる以上は、人倫《じんりん》の道に悖《もと》り候事は格別、その事柄《ことがら》に立入り候批判がましき儀は無用なり。」

この作品では、鷗外ははっきりとモラリストないし理想主義の立場に立ってさきの『かのやうに』の示している妥協的な折衷主義が真正面から批判され否定されている。それまでの自らを深くたのみ、ひそかに軽蔑とあざけりをもって他に対していたような態度は一変した。何ものにも満足しない批判精神もなくなった。その意味で鷗外の自己否定が含まれているといえる。なお、雑誌掲載の初稿は、後に歴史小説集『意地』に収められた定本と違って、はなはだしく激越な調子で書かれている。初稿は乃木将軍の殉死からうけた衝動が、まだ収まらないうちに書かれたので、鷗外の感情があらわに表現されているのである。

歴史小説

『興津弥五右衛門の遺書』を最初として、これまで現代小説を主として書いていた鷗外は、相ついで歴史上の事件や人物を題材とした歴史小説を書いた。大正二年の『阿部一族』『佐橋甚五郎』『護持院ヶ原の敵討』、三年の『大塩平八郎』『堺事件』『安井夫人』『栗山大膳』、四年の『山椒大夫』『魚玄機』『ぢいさんばあさん』『最後の一句』、五年の『椙原品《すぎはらしな》』『高瀬舟』『寒山拾得』などである。

『興津弥五右衛門の遺書』のところでも少し述べたように、この歴史小説を書いた時期の鷗外は、人間を見る眼があたたかく深くなり、「永遠の不平家」から足《た》ることを知り、感謝を知る悠々とした達人の境地を見せるようになっている。鷗外がどうしても捨てきれずにいた自我を、乃木大将の殉死は紛砕した。この世のいっさいの望みを捨て、一筋に愛し崇拝する天皇の死に殉じていった乃木夫妻の無私の美しさが、鷗外の出世欲にみちたこざかしい心を打ちのめさずにはいなかった。これらの歴史小説の中で鷗外の描いた人物は、与えられた境遇の中で力いっぱいに生きている無私の人間であり、鷗外はそうした人間に暖かい目を注いでいる。そこに『山椒大夫』『ぢいさんばあさん』『高瀬舟』『寒山拾得』などの珠玉の作品が生まれたのである。

鷗外は大正四年元旦、雑誌『心の花』に寄稿した『歴史其儘《そのまま》と歴史離れ』に歴史小説を書き出した動機を語っているが、その要点は次のようであった。

「小説には事実を自由に取捨して纏《まと》まりを付けた跡がある習《ならい》であるが、かう云ふ手段をわたくしは近頃小説を書く時全く斥《しりぞ》けてゐる。なぜさうしたかといへば、その動機は簡単である。わたくしは史料を調べて見て、その中に窺《うかが》はれる『自然』を尊重する念を発《ほつ》した。それを猥《みだり》に変更するのが厭《いや》になつた。これが一つである。わたくしは又現存の人が自家の生活をありの儘《まま》に書くのを見て、現在がありの儘に書いて好いなら、過去も書いて好い筈だと思つた。これが二つである。

わたくしのあの類の作品が、他の物と違ふ点は、巧拙《こうせつ》は別として種々あらうが、其《その》中核は右に陳《の》べた点にあると、わたくしは思ふ。」

これは鷗外の歴史小説の性格を物語っている言葉である。あくまで『自然』を尊重する態度は、決してウソを書かない峻厳な現実主義の立場である。鷗外の歴史小説は、こうした合理主義によって書かれている。ここで、あの類の作品といわれているのは、史実にあくまでも忠実で、できるだけ史的事実を積み重ね、歴史時代という枠《わく》の中で人物を活動させ、作者自身の解釈を最少限にとどめようとする態度で書かれた作品のことで、鷗外はこうした歴史小説を「歴史其儘《そのまま》」と名づけている。こうした作品には『興津弥五右衛門の遺書』『阿部一族』『佐橋甚五郎』『護持院ケ原の敵討』『大塩平八郎』などがある。一方、一応史実を借用するがその解釈は作者自身の主観にまかせ、必ずしも精細《せいさい》な歴史考証《こうしよう》をほどこさない態度で書かれた歴史小説がある。こうした歴史小説を「歴史離れ」と鷗外は名づけた。この型の作品には『山椒大夫』『寒山拾得』『魚玄機』『ぢいさんばあさん』『最後の一句』『高瀬舟』などがある。このように鷗外は自分の歴史小説を分けているが、いずれにしろ鷗外のような科学者には、まったくの空想小説は書けないので、多くの場合両者を合わせたような作品になっている。

こうした鷗外の歴史小説は、従来の歴史小説よりもはるかにいきいきとしたものであったので、鷗外以降の歴史小説は、大なり小なり鷗外の影響を受けて成長したといえる。芥川龍之介、菊池寛の歴史小説がそうしたものであった。

大正4年ごろの鷗外

退官

大正四年七月十八日の日記に、鷗外は「老来殊《ことに》覚《おぼゆ》官情薄《うすし》」の句の入った長い詩を書いた。陸軍部内に、なにか面白くない出来事があったことがわかる。同じ年の九月十六日の日記には、「婦女通信予が引退の報を伝ふ。東京諸新聞の記者悉《ことごと》く来訪す」とあり、十一月二十二日には「次官大嶋健一に引退の事を言ふ」とある。しかしまだこの時には公表されなかった。

鷗外が正式に医務局長という官を退《しりぞ》いて予備役《よびえき》に入ったのは、大正五年四月十三日のことである。初めて軍医になってから三十五年、医務局長になってから九年になっていた。

　この時期に官僚批判の『最後の一句』や、「所詮《しょせん》町奉行の白州《しらす》で、表向きの口供《こうきょう》を聞いたり、役所の机の上で、口書《くちがき》を読んだりする役人の夢にも窺《うかが》うことのできぬ境遇である」といい、知足《ちそく》やオオソリティに従う態度の『高瀬舟』、それに「ちょうど東京で高等官連中が紅療治《べにりょうじ》や気合術に依頼するのと同じ事である」といい、世俗と真実の価値との距離をテーマにした『寒山拾得』など、鷗外の官に対する諷刺やいやみが出ている作品が書かれていることは、偶然の一致ではないであろう。この時期のもう一つの代表作である『魚玄機』の中で、鷗外は才にたけ不羈奔放《ふきほんぽう》な温飛卿という人物の口を通して、「相公も燮理《しょうり》（政治）の暇には、時々読書をもなさるがよろしゅうございましょう」と言わせている。相公というのは、その時の宰相令孤陶《れいことう》という人物で、総理大臣に向かって一野人にすぎない温という人物が、少しは読書をしなさい、といってその無学をそしっているわけである。こういう言葉を鷗外がここで使っているのは、時の政治家への諷刺であると同時に、自分自身の憂《う》さを晴らしたのだといえる。

　とにかく、軍服をぬぎ、サーベルをはずした鷗外は自由自在にふるまった。長い間の憂欝《ゆううつ》が一時に吹き飛ばされたのである。無官になった鷗外のこの時の心境は『空車《むなぐるま》』という小品の中に充分に書きつくされている。背の高い大男が、骨格のたくましい馬にひかせて、大道狭しと何も積んでない大きな荷車をゆるやかに引っぱって行く。男は左顧右眄《さこうべん》をせず、物に出会っても一歩もその歩みをゆるくすることなく、傍若無人《ぼうじゃくぶじん》に悠々と進んで行く。

「此車《この》に逢へば、徒歩の人も避ける。騎馬の人も避ける。貴人の馬車も避ける。隊伍をなした士卒も避ける。送葬の行列も避ける。此車の軌道を横《よこぎ》るに会へば、電車の車掌と雖《いえど》も、車を駐《と》めて、忍《しの》んでその過ぐるを待たざることを得ない。

そして此車は一の空車《むなぐるま》に過ぎぬのである。

わたくしは此空車の行くに逢ふ毎《ごと》に、目迎《めむか》へてこれを送ることを禁じ得ない。わたくしは、此空車が何物かを載《の》せて行けば好《よ》いなどとは、かけても思はない。わたくしがこの空車と或物を載せた車とを比較して、優劣を論ぜようなどと思はぬことも亦言《またげん》を須《ま》たない。縦《たと》ひその或物がいかに貴き物であるにもせよ。」

ここには、鷗外の負けおしみもあれば決意もある。不平もあれば自負もある。傍若無人なこの男に対する羨望もあれば、自己の五十五年の過去に対する悔恨もある。鷗外は渋江抽斎や伊沢蘭軒の伝記を書く心を『観潮楼閑話』（大正六年十月）の中でこう言っている。

「わたくしはこれらの伝記を書くことが有用であるか、無用であるかを論ずることを好まない。ただ書きたくて書いてゐる」

「わたくしはこのごとく世に無用視せらるるものを書くために、ほとんど時間の総《すべ》てを費してゐる」

俗世間にきがねすることなく、また社会の用不用に頓着《とんちゃく》することなく、鷗外は巨大な空車を引いて大道狭しと歩いて行った。

晩年

『渋江抽斎』

鷗外は大正五年一月十三日から五月十七日まで、東京日日、大阪毎日の両新聞に『渋江抽斎』を掲載した。鷗外のいわゆる史伝の最初である。鷗外は元来物事を中途半端にして置けない性質だったので、いつまでも小説とも見られ歴史とも見られるようなものを書いて満足することが出来なくなったのである。『都甲太兵衛』の中で、「西洋の諺《ことわざ》に二つの床の間に寝ると云ふことがある。わたくしは折々自ら顧《かえり》みて、此諺の我上に適切なるを感ずる」と書いたのは、一つの床は小説家の態度を指し、他の一つは歴史家の態度を意味し、自分が今まで歴史家と小説家との間をさまよう形であったのを認めた言葉で、持ち前の徹底癖がついに考証学者の伝記という独創的な形式を開拓することになった。

渋江抽斎は津軽藩江戸在住の儒医で、考証学者の一人である。考証学者というのは、古書をくわしく調べ研究する学者のことで、江戸時代に狩谷《かりや》棭斎《えきさい》という優れた学者が出て、この学問は大いに盛んになった。棭斎の友人に小島宝素、伊沢蘭軒《らんけん》などがあり、棭斎の門人にこの渋江抽斎、森枳園《しえん》などがいた。鷗外は前にも引いた『観潮楼閑話』で、

「わたくしは目下何事も為《な》してゐない、ただ新聞紙に人の伝記を書いてゐるだけである。何故に伝記を書

くかといふに、別に廉《かど》立つた理由は無い。わたくしは或時ふと武鑑《ぶかん》（江戸時代の諸藩の武士の名簿）を集め始めた。そして昔武鑑を集めて研究した人に渋江抽斎のあることを知つた。それから抽斎が啻《ただ》に武鑑を集めたのみで無く、あらゆる古本を集めて研究したことを知つた。それからその師友に狩谷棭斎があり、伊沢蘭軒があり、小島宝素があり、森枳園があることを知つた。わたくしはこの人々の事蹟が、棭斎を除くの外、殆《ほとんど》世に知られてゐぬことを知つた。そしてふとその伝記を書き始めたのである。」

とこれらの史伝を書き始めた動機を語っている。鷗外は武鑑を通して自分に似た先駆者があることを知り、親愛の情をもってその人物を究明しようとした。そして鷗外作品の最大傑作ともいえる『渋江抽斎』が成ったのである。その中で、鷗外はこう言っている。

大正6年ごろの鷗外

「わたくしは又かう云ふ事を思つた。抽斎は医者であつた。そして官吏であつた。そして経書《けいしょ》や諸子《しょし》（いずれも中国の古典）のやうな哲学方面の書をも読み、歴史をも読み、詩文集のやうな文芸方面の書をも読んだ。其迹《あと》が頗《すこぶ》るわたくしと相似てゐる。只《ただ》その相殊《あいこと》なる所は、古今《ここん》時を異にして、生の相及ばざるのみである。いや。さうではない。今一つ大きい差別がある。それは抽斎が哲学文芸に於いて、考証家として樹立することを得るだけの地位に達してゐたのに、わたくしは雑駁《ざつぱく》なるヂレッタンチスム（何でも少しずつかじるしろうと研究家）の境界を脱することが出来ない。わたくしは抽斎に視《み》て忸怩《じくじ》たらざることを得ない（恥ずかしくなる）。

抽斎は曾《かつ》てわたくしと同じ道を歩いた人である。しかし其健脚はわたくしの比《たぐい》ではなかつた。迥《はるか》にわたくしに優《まさ》つた済勝《せいしよう》の具を有してゐた（丈夫な足を持つていた）。抽斎はわたくしのために畏敬《いけい》すべき人である。

然《しか》るに奇とすべきは、其人が康衢通逵《こうくつうき》（歩きやすい大通り）をばかり歩いてゐずに、往々径《こみち》に由《よ》つて行くことをもしたと云ふ事である。抽斎は宋槧《そうざん》（中国の宋時代に出版された本）の経子（経書や諸子）を討《もと》めたばかりでなく、古い武鑑や江戸図をも翫《もてあそ》んだ。若し抽斎がわたくしのコンタンポラン（同じ時代に生まれた人）であつたなら、二人の袖《そで》は横町の溝板《どぶいた》の上で摩《す》れ合つた筈《はず》である。こゝに此人とわたくしとの間に暱《なじ》みが生ずる。わたくしは抽斎を親愛することが出来るのである。」

感情を表にあらわさない傍観者の鷗外には、かつて無かったほどの端的な喜びの表現で、鷗外の『渋江抽斎』に対する情熱のほどが充分うかがえる文章である。

その他の史伝

『渋江抽斎』を書き終ると、鷗外は続いて、『伊沢蘭軒』を大正五年六月から翌六年九月まで、『細木香以《かい》』を六年九月から十月まで、『小島宝素』を六年の十月、『北条霞亭《かてい》』を六年十月から十二月まで、東京日日及び大阪毎日新聞に発表した。『北条霞亭』はその後、大正七年から九年の一月まで続稿が『帝国文学』に、九年十月から十年十一月まで『霞亭生涯の末一年』と題してさらに続稿が『アララギ』に掲載された。

帝室博物館総長兼図書《ずしょ》頭《のかみ》

大正五年四月に正式に陸軍から退《しりぞ》いた鷗外は、翌六年十二月二十五日、帝室博物館総長（今の国立博物館長）に任ぜられ、宮内省図書頭《くないしょうずしょのかみ》を兼ねることになり、高等官一等に叙せられた。図書頭は図書寮《ずしょりょう》の長官として、皇室の古い文書や書物を保存したりする役目で、在職中鷗外は図書寮の整備をしたり、蔵書目録の作成につとめ、『帝室博物館書目解題』『帝室博物館蔵書人名抄』などの著作を手がけたりした。大正八年九月、帝国美術院が創設され、文展にかわって帝展（今の日展）が毎年開催されるようになるが、鷗外はその初代の帝国美術院長に就任した。大正八年十月から十年三月まで、鷗外は歴代の天皇の諡名《おくりな》（死後につける名）の出典を考察した『帝諡考《ていしこう》』を調べ、十年四月から十一年六月まで、大化以来明治にいたるまでの年号の出典を考察した『元号考』の編集に着手したが、『元号考』は完成するにいたらなかった。これらは鷗外の最晩年の仕事であった。

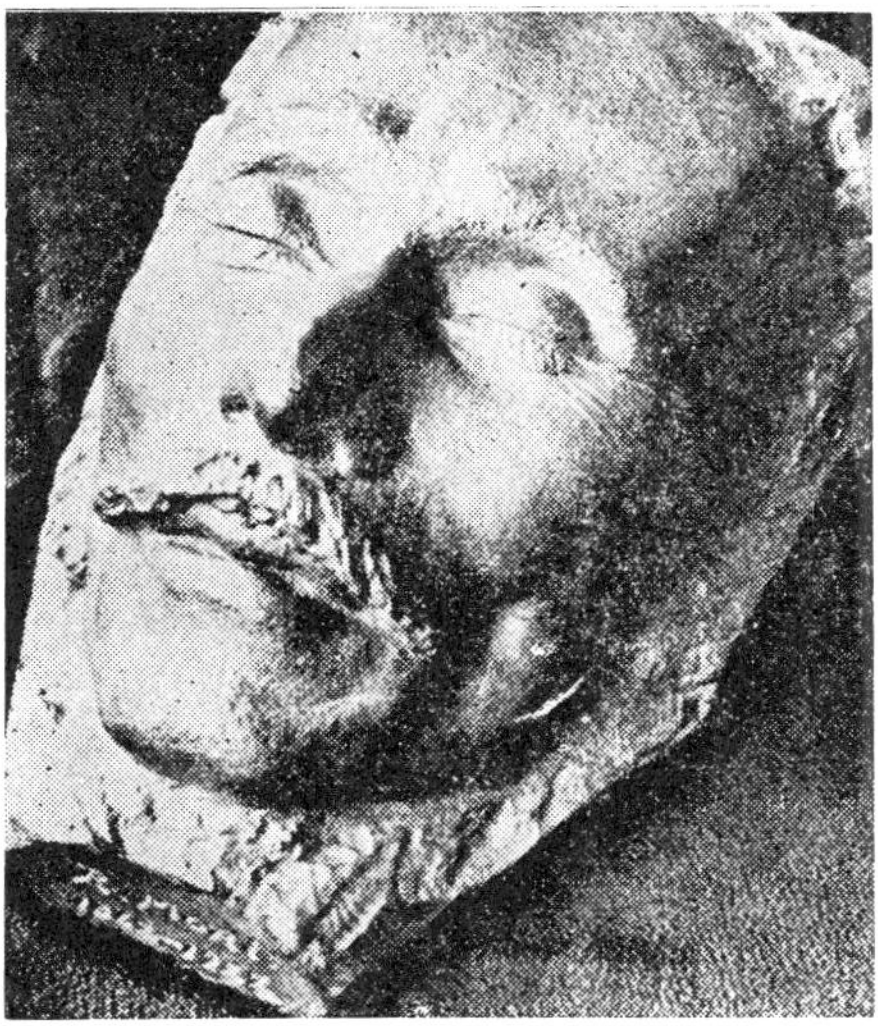

鷗外のデスマスク

臨終

鷗外は大正十年秋頃から時々足に浮腫《むくみ》（はれること）を起こすようになり、腎臓病の徴候《ちょうこう》があらわれた。そして翌十一年六月、病勢はいよいよ進み、十五日から始めて休勤し、二十九日にそれまで拒絶してきた医師の診断を受け、「萎縮腎《いしゅくじん》」と診断されたが、肺結核の症状も重かった。心臓も衰弱のきざしが表われていた。

七月六日、病状は悪化し、衰弱が加わったが、意識は明瞭で、遺言は口述して賀古鶴所が筆記した。

「余ハ少年ノ時ヨリ老死ニ至ルマデ一切秘密無ク交際シタル友ハ賀古鶴所君ナリコヽニ死ニ臨ンテ賀古君ノ一筆ヲ煩《ワズラ》ハス死ハ一切ヲ打チ切ル重大事件ナリ奈何《イカ》ナル官権威力ト雖此《イエドモコレ》ニ反抗スル事ヲ得スト信ス余《ヨ》ハ石見人《イワミジン》森林太郎トシテ死セント欲ス宮内省陸軍省皆縁故アレドモ生死別ルヽ瞬間アラユル外形的取扱ヒヲ辞ス森林太郎トシテ死セントス墓ハ森林太郎墓ノ外一字モホル可《ベカ》ラズ書ハ中村不折《フセツ》ニ依託《イタク》シ宮内省陸軍ノ栄典ハ絶対ニ取リヤメヲ請《コ》フ手続ハソレゾレア

ルベシコレ唯一ノ友人ニ云ヒ残スモノニシテ何人ノ容喙《ヨウカイ》ヲモ許サズ
大正十一年七月六日　森林太郎言
賀古鶴所書」

この有名な遺書によって、鷗外は初めてあらゆる世俗上の名誉から離れて、石見人森林太郎という赤裸々な一個の人間になろうとした。陸軍に入るとき、世俗上のあらゆる名誉から離れて、山の中に隠遁《いんとん》しようとするような気持ちを持っていたといわれる鷗外であったが、父母の反対にあって、陸軍に入り、陸軍軍医学校長、軍医総監、医務局長、博物館総長兼図書頭、従二位勲一等、高等官一等、医学博士、文学博士などの高位高官についた鷗外である。「朝儀大夫《たいふ》、使持節、台州の主簿、上柱国、賜緋魚袋《しひぎょたい》、

向島弘福寺の鷗外の墓地（与謝野晶子や永井荷風の顔も見える）

閭丘胤《りょきゅういん》と申すものでございます」とうやうやしく名のった高位高官を、一目見て大笑いに笑って逃げ去った寒山《かんざん》拾得《じゅっとく》こそ、鷗外の理想とする姿であった。

　永井荷風に『七月九日の記』という小品がある。荷風が鷗外の病状悪化の報に接したのは、七月七日の夜半で、翌八日の早朝、荷風は駒込千駄木町の観潮楼に急いでおもむいた。与謝野寛、小島政二郎などがすでにつめかけている。そこに賀古鶴所が出て来て、病状を伝える。荷風はこう書いている。

「（賀古）先生はやがて我をかたはらに差招《さしまね》き、病室には家人の外何人をも出入することを許さず。されど多年教《おしえ》を受けたる汝のさぞや名残の惜《お》しかるべければ、竊《ひそか》に入ることを得さすべし。こなたに来よとて、廊下を先に立ち、奥まりたる狭き一室のひらき戸をひらきたまひけり。曇りし日の故《ゆえ》にや、病室はいと暗くして、枕辺《まくらべ》にはべりし人々の面もさだかには見えわかぬばかりなりき。我はひらき戸の傍《かたわら》に座《ざ》し、一礼して後打騒ぐ心やうやうに押静めて見まもれば、森先生は袴《はかま》をはき、腰のあたりをしかと両手に支へ、掻巻《かいまき》を裾《すそ》の方にのみかけ、正しく仰臥《ぎょうが》し、身うごきだもしたまはず、半口を開きて雷の如き鼾《いびき》を漏《もら》したまふのみなり。我は長居するもいかがと、重《かさね》て礼拝して後、看護の人々にも一礼して病室を出でしに云《うん》

禅林寺の墓　（東京都三鷹市）

云《ぬん》。」

危篤《きとく》臨終の鷗外は、袴をはいて仰臥していた。袴は整理ずみの日記を用意するというほどの整理好きな「一代の文豪」の、最後の整理といえる。最後まで、きちょうめんな鷗外であった。

鷗外は、大正十一年七月九日午前七時、六十一歳をもって自宅でその生涯を閉じた。袴をつけて病床に横たわりながら、臨終にせまってのうわ言は「馬鹿々々しい」の一言であったと、森於菟は伝えている。遺言とともに自らの人生を顧みての言葉と考えられる。

葬儀は、十二日に谷中斎場で行なわれた。遺骨は始め向島の弘福寺に納められたが、その後関東大震災に会い、大正十三年に三鷹《みたか》市の禅林寺《ぜんりんじ》に移された。墓標の「森林太郎墓」の五文字は遺言通り、画家であり書家であった中村不折《ふせつ》の筆になる。同じ墓地の中には、いま太宰治《だざいおさむ》の墓もある。

第二編　作品と解説

昭和三一年二月に完結した岩波書店の『新版鷗外全集』は五三巻という、近代文学全集中で最大の巻数に達している。そして、その分野も、医学、文学、小説、戯曲、詩、短歌、俳句、評論、翻訳、史伝、考証、審美学という広大な規模にわたっている。

森於菟氏の計算によると、鷗外の書き残したものの量は、旧版全三五巻の全集で、二三〇〇〇ページ、一八四〇〇〇〇〇字に達し、文筆活動を始めてから死ぬまで四〇年間執筆したと考えると、毎日平均四〇〇字詰《づめ》の原稿紙で三枚ずつ書いたことになるという。鷗外はほとんど一生役所に勤めていて、しかも、職務に忠実であったから、文筆に費やす時間は主として夜と日曜に限られていた。於菟氏はこの量は「人間の力のレコードをなしはすまいか」と言っている。

森鷗外の文学活動は、明治二二年に発表された訳詩集『於母影』によって、新体詩の基礎を確立することで始まった。そして、その原稿料で雑誌『しがらみ草紙』を創刊して評論の筆をとり、石橋忍月《にんげつ》や坪内逍遥《しょうよう》と論争をたたかわせ、評論を文学の一つの形態として確立した。二十三年には小説の処女作『舞姫』を発表し、二葉亭四迷の『浮雲』とともに、近代知識人の苦悩をはじめて文学に定着させた。そのかたわら、西欧の浪漫主義小説を翻訳、紹介し、なかでもアンデルセンの『即興詩人』は原作以上とたたえられ、文壇に浪漫的風潮をみなぎらせた。戯曲においても、『調高矣洋絃一曲《しらべはたかしギタルラのひとふし》』『折薔薇《おりばら》』をはじめ、古典劇から近代劇にいたる多彩な西洋演劇を翻訳、紹介したほか、みずからも『玉篋両浦島《たまくしげふたりうらしま》』『日蓮上人辻説法《にちれんしょうにんつじせっぽう》』のような叙事詩劇を書き、演劇界に逍遥とならんで革新的な気運をもたらした。

明治四十二年には雑誌『スバル』を創刊し、当時流行の自然主義には同調しない立場で、『キタ・セクスアリス』『青年』『雁』などの現代小説をその誌上に飾った。大正年代に入ってからは歴史小説の筆をとって、『阿部一族』『山椒大夫』『高瀬舟』『寒山拾得』などの傑作を書いた。その歴史的素材をかりて盛りこんだ主題と近代的解釈は、歴史小説の一つの典型となった。

晩年はさらに史伝の世界に入り、『渋江抽斎』などを書いた。

鷗外の作品の基調には、その人生観を反映する諦念《ていねん》（あきらめ）が流れている。そして、その文章は端正典雅で、漢文脈を生かして簡潔であり、近代文の源流の一つとなった。

このような広大な鷗外文学から、ここでは『舞姫』『雁』『阿部一族』『山椒大夫』『高瀬舟』の五編の代表小説だけを選んで解説してみる。

舞姫

成立の背景

『舞姫』は、鷗外のドイツみやげ三部作の代表作であり、鷗外の文壇への処女作である。『うたかたの記』『舞姫』『文づかひ』の順序で書かれたのであるが、発表は『舞姫』が最初であっただけに、鷗外の自信のほどもうかがわれる。この短編小説は、明治二三年（一八九〇）一月三日発行の、雑誌『国民之友』第六十九号の新年付録「藻塩草」欄に掲載された。

鷗外は、明治二一年九月、まる四年間の陸軍軍医としてのドイツ留学をおえて帰朝した。後に書かれた『妄想』はこの時のことを、

「自分はこの自然科学を育てる雰囲気のある、便利な国を跡《あと》に見て、夢の故郷へ旅立つた。それは勿論立たなくてはならなかつたのではあるが、立たなくてはならないといふ義務の為《た》めに立つたのでは無い。自分の願望の秤《はかり》も、一方の皿に便利な国を載《の》せて、一方の皿に夢の故郷を載せたとき、便利の皿を吊《つ》つた緒《お》をそつと引く、白い、優しい手があつたにも拘《かかわ》らず、慥《たし》かに夢の方へ傾いたのである。」

と述べている。そして鷗外の帰朝に十数日おくれて、『舞姫』の女主人公と同じ名のエリスという婦人がドイツから彼のあとを追ってきた。このエリスが『舞姫』のエリスと同一人であるかどうか、また『妄想』の「優

しい、白い手」と同一人であるかどうか、定説はないようである。また、このエリスと鷗外との関係もわかっていない。とにかくこの婦人はいわば森一族総出の説得によって、まもなく鷗外をあきらめて帰っていった。このエリス問題は、鷗外の同僚の間にも話題にのぼっていた。

鷗外は帰国の翌二十二年三月、赤松登志子と結婚した。その翌月、新妻の登志子は、鷗外の妹の喜美子に、鷗外とエリスとの関係を尋《たず》ねた。喜美子は何も深い関係はないと答え、登志子は一応それを納得した。年の暮れ近く、鷗外は『舞姫』を書き、二十三年一月に発表した。この年の九月、登志子は長男の於菟《おと》を生み、その直後に鷗外は弟をつれて突然家出し、夫婦の縁はそれなりに切れてしまった。『舞姫』執筆のころは、鷗外夫婦の間はすでに暗礁に乗り上げていたのだが、登志子の妊娠を知って我慢していたようである。

『舞姫』執筆の動機について、喜美子は、「ちらちら同僚などの噂にのぼるので、ご自分からさつぱりと打ち明けたお積《つも》りでしよう」と述べている。しかし、『舞姫』が発表される前に、賀古鶴所及び森家の人々に対して朗読されたことを考えると、これは同僚に対する声明であるよりも、まず、鷗外の親友や家人たちに対してのこれまではいろいろと心配をかけたけれども、これからの自分は、作品中の太田豊太郎のように一路官吏としての栄達の道を歩む決意だから安心してほしい——という意味での釈明あるいは声明書であった。

したがって、『舞姫』は必然的に女性への訣別《けつべつ》を宣告する、具体的には妻の登志子に対する挑発であり、挑戦状でもあった。豊太郎がエリスの家に住み、やがて身ごもった彼女を捨てて帰国するという筋も、現に赤松家の持ち家に住み、やがては登志子とその赤児を捨てて家出するに至る、その鷗外自身の未来の行動の青

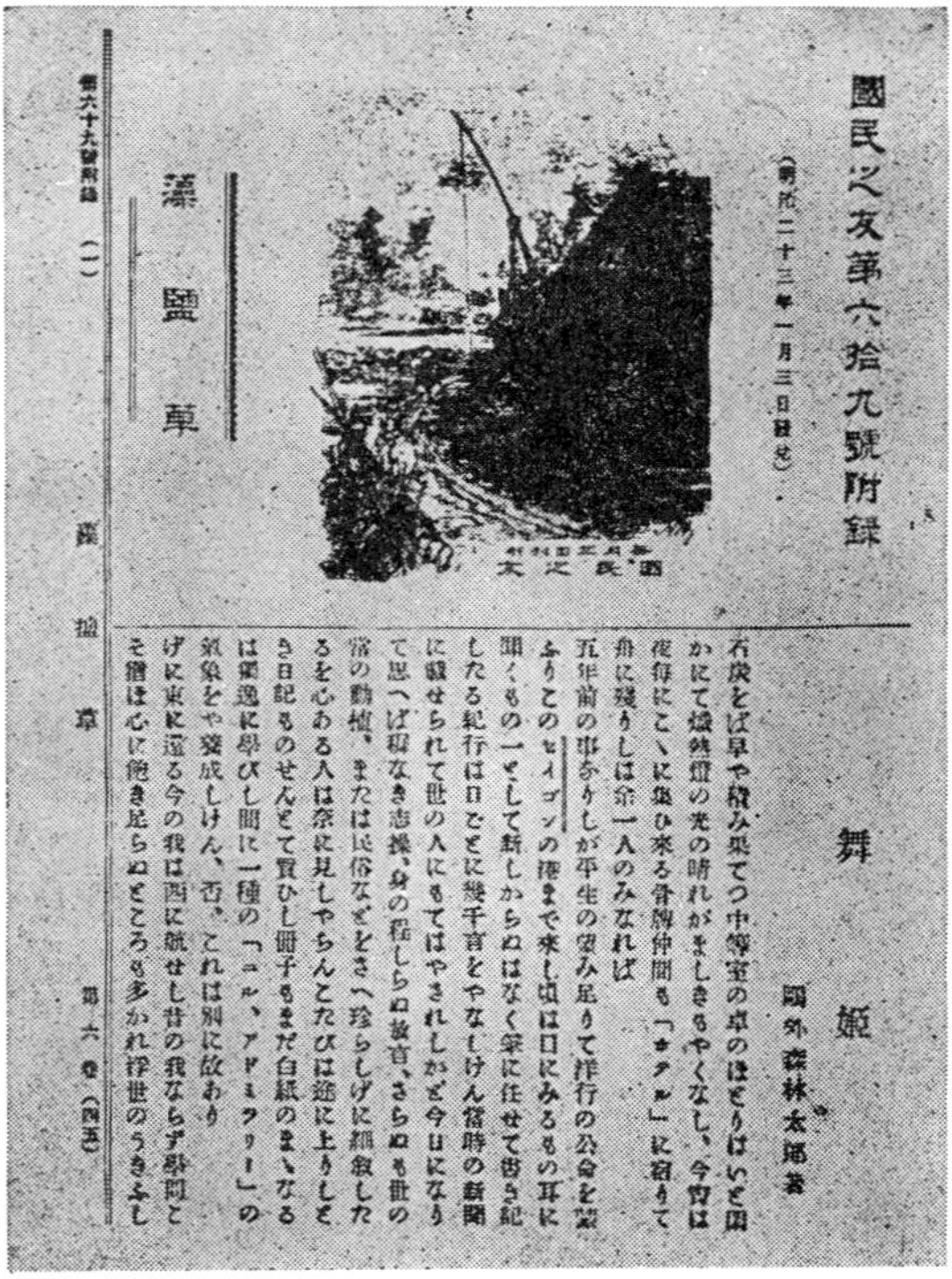

國民之友第六拾九號附錄

（明治二十三年一月三日發兌）

舞姫

鷗外森林太郎著

石炭をば早や積み果てつ中等室の卓のほとりはいと靜かにて熾熱燈の光の晴れがましきもやくなし、今宵は夜毎にこゝに集ひ來る骨牌仲間も「ホテル」に宿りて舟に殘りしは余一人のみなれば

五年前の事なりしが平生の望み足りて洋行の公命を蒙ふりこのセイゴンの港まで來し頃は目にみるもの耳に聞くもの一つとして新しからぬはなく筆に任せて書き記したる紀行は日ごとに幾千言をかなしけん當時の新聞に載せられて世の人にもてはやされしかど今日になりて思へば穉なき志操、身の程しらぬ放言、さらぬも世の常の動植、または風俗などをさへ珍らしげに細叙したるを心ある人は奈何に見しやらんこたびは途に上りしとき日記ものせんとて買ひし冊子もまだ白紙のまゝなるは獨逸に學びし間に一種の「ニル、アドミラリー」の氣象をや養成しけん、否、これは別に故あり

げに東に還る今の我は西に航せし昔の我ならず學問こそ猶ほ心に飽き足らぬところも多かれ浮世のうきふし

藻鹽草

第六十九號附錄　（一）　藻鹽草　第六卷（四五）

「舞姫」国民之友第六十九号所載

写真のように感じられる。

豊太郎の経歴は鷗外自身のそれと酷似しており、エリスもまた、鷗外のあとを追って来朝した実在のドイツ女と同じ名である。さらに『舞姫』では、天方《あまがた》伯《はく》が相沢をつれて明治二十一年の初冬に渡独しているが、彼らのモデルである当時の山県有朋《やまがたありとも》伯爵と賀古の二人は二十一年十一月十六日に渡欧している。しかし、だからと言って、もちろん『舞姫』は事実そのままを記した作ではない。賀古は、学生時代の鷗外が『朝顔日記』を漢訳したことを伝えているが、『朝顔日記』も重要な下敷きであったろうし、鷗外は『自作小説の材料』において、ボーデンシュテットの作品に『舞姫』と似たものがあることを語っているし、ハックレンデルの『ふた夜』、クライストの『悪因縁《あくいんねん》』も『舞姫』ときわめてよく似たすじだてであり、『舞姫』を彩《いろど》るものであろう。

なお、太田豊太郎のモデルは、もちろん鷗外であるが、鷗外がドイツ時代から交わった画家原田直次郎をも仮り用いている。原田は『うたかたの記』の巨勢《こせ》のモデルであるが、彼はドイツの女画学生チェチリイに慕われながら避け、また、ドイツ女マリイを妾としていた。『独逸日記』明治十九年十一月二十一日の条には、「夜ヲルフ Wolf の旗亭に会す。原田直次郎を送るなり。愛妾マリイも亦《ま》た侍す。原田の遺子を妊《はら》めり」とある。太田豊太郎の名は、森林太郎と原田直次郎とを合成して成っていると考えられる。相沢もイコール賀古ではなくて、賀古と鷗外との合成とみなすべきであろう。豊太郎が鷗外の分身であったと同様に相沢もまた鷗外の分身である。おそらく鷗外は、豊太郎のロマンティシズムと相沢のリアリズムとを対照させ、前者が結局は後者に従うという物語を通じて、何ごとかを語ろうとしたのであろう。

あらすじ

留学生太田豊太郎は、このごろ物思いすることが多かった。

ベルリンの町のある夕暮れ、彼は動物園を散歩し、下宿に帰ろうと、とある古寺院の前をとおりかかった時、とざされたその門の戸にもたれて、すすり泣く、十六、七歳の少女の姿を見た。頭にかぶった布《きれ》からこぼれた濃い黄金色《こがねいろ》の髪、さっぱりした服が、強く目をひいた。少女も太田の靴音に、はっとおどろいた風《ふう》に、こちらを見つめた。その青く清らかに、うれいをふくんだ目は、なかば露《つゆ》を宿した長い睫毛《まつげ》でおおわれ、太田の心の底まで動かしてしまった。

「なぜ泣くのです。この土地にかかりあいもない異邦《いほう》の者は、かえって、お力《ちから》になってあげることもできましょう」

少女はおどろいて、太田の黄色い顔をみつめていたが、真剣《しんけん》な色を感じとったらしく、「あなたは善いかたですわね。あの男のように、またわたしの母のように、残酷な人ではありませんのね――」

と言いつつ、また思い出したように、可愛《かわい》らしい頬《ほお》に、とめどもなく涙を流した。

「どうぞ、恥ずべき体となろうとしているわたしを救ってください。母は、わたしが言うとおりにならないというので殴《なぐ》るのです。父は死に、あすはお葬《とむら》いなのに、家には一銭のお金もないのです」

「あなたのお家にお送りしましょう。さあ、落ちついて――」

少女のあとについて行くと、少女の住居《すまい》は、寺院の筋《すじ》むかいの建物であった。こわれた石の階段をのぼった四階目に、細い戸口《とぐち》があった。なかから、

「誰《だれ》かね」

としわがれた老婆の声がした。少女が、

「エリスよ。わたし、帰ってきたのよ」

と答えると、あらあらしく戸が開かれ、半白《はんぱく》の貧苦の相《そう》を示した老婆がちらっと見えたが、すぐ戸をしめきってしまった。内から争《あらそ》うような声が聞こえたが、また戸が開かれ、さっきの老婆は、無礼をわびながら、太田をむかえいれてくれた。

正面の部屋の戸が半開きで、白布《はくふ》をかけたベッドがある。よこたわっているのは、父のなきがらであろ

う。もう一つの狭い屋根裏部屋《やねうらべや》の、卓上《たくじょう》の瓶《びん》に、ここにふさわしからぬ高価な花束がいけてあった。少女エリスは、はじらいをおびてそばに立っていたが、ミルクのように白い顔色は、ランプの光にほのかに紅《あか》く、手足のほそく、なよなよとしているのは、貧しい家の少女らしくもなかった。

　老婆が部屋を出たあと、エリスは告げた。

「ごめんなさいね、あなたをこんなところまでお連《つ》れして。——あすにせまる父のお葬《とむら》いに、ただたのみに思っていたのは、わたしが出演している劇場の座長だけなのでした。わたしはもう二年もその一座に加わっているので、すぐ助けてくれると信じていましたのに、座長はわたしたちの困窮《こんきゅう》につけこんで、自分の言うことを聞け、そうしたら助けてやろうと、無理難題を申しますの。あなたは善《よ》いかた。——どうぞ、わたしを救ってください。拝借《はいしゃく》したお金は、薄給《はっきゅう》ながら、かならずお返しいたしますから。たとえ、わたしは食《た》べずとも。——お願いです、でなかったら、座長の言いなりになれという、母の言葉にしたがわなければならないのです」

　エリスは涙ぐみ、身をふるわせ、その見上げる目は、人にいやといわせぬなまめかしさがあった。

　太田のポケットには、二、三マルクはあったが、時計をはずし、

「これで一時《いちじ》の急をしのいでください」

と告げると、エリスは感動し、やがて、別れの握手《あくしゅ》のためさしだした太田の手に、唇《くちびる》をあてたが、熱い涙がその手に落ちた。

☆

エリスは、思いがけなく受けた恩のお礼に、太田をおとずれた。そしていつか、二人はしげしげと会うようになった。しかし、

「太田はけしからん。このごろ、舞姫に迷ってのぼせあがっている」

留学生仲間のうちに、そうした悪評がたち、本国の政府にまで密告された。

太田は早く父を失《うしな》い、母の手ひとつで育てられ、十九の年《とし》、はやくも法学士の称号《しょうごう》を得て官庁《かんちょう》に入り、その三年目には留学を命ぜられた秀才であった。功名立身《こうみょうりっしん》の念にもえて、外遊したが、いつか自由な大学の風にあたって、法律の器械になるような生活にあきたらず、歴史や文学に心をよせるようになっていた。このころから、日本の上官に送る報告書にも、そうした気分があらわれていたので、信用をおとしはじめていたのである。

公使《こうし》は太田を呼んで、政府からの通達だと、

「君の留学生にあるまじき行為で、免官《めんかん》の辞令がきたから、そう心得てもらいたい。もし、即刻帰国するなら、旅費だけは支給するが、なお当地にとどまるなら、もう給費はないぞ」

と、意外な宣告を与えた。

「どうか一週間ほど考える猶予《ゆうよ》を与えてください」

太田はエリスとの交情《こうじょう》を思い、別れるのもしのびがたく思ううち、その出世《しゅっせ》を楽しんでいた母の死の知ら

せさえ受けとった。

「まあ、免官ですって……」

エリスは、太田からその話をきいて、色を失った。

「オオタさん、そのことわたしの母には黙っていてちょうだい」

そういうエリスは、その母が、学資《がくし》を失った愛人をうとんずるのをおそれたのであった。

エリスは、薄給につながれ、昼の稽古《けいこ》、夜の舞台にいそがしい、はかない舞姫。劇場では美しいよそおいこそすれ、身の衣食《いしょく》も足らずがちで、まして親兄弟を養わねばならなくては、ひととおりの辛苦《しんく》ではない。そのため、その仲間たちは、いやしい職業におちぬ者はまれであったが、エリスばかりは、おとなしい性質と、きびしい父のしつけで、そういうことがなかったのだ。

太田を知ってから、そのみちびきで読書をし、手紙にも誤字《ごじ》がすくなくなっていった。

この危機にのぞんで、太田のエリスを愛する心は、かえって強く、ついにはなれがたい仲となってしまった。

なんとか公使に返答すべき、一週間の猶予《ゆうよ》の運命の日が、刻々とせまってきた。

「エリス、喜んでおくれ、ぼくは日本にいる友人の世話で、ベルリン駐在の新聞通信員となった。それで、ここにとどまる生活のてだても出来たよ」

その親切な友人は相沢といい、太田の免官が官報にでたので心配し、この措置《そち》をとってくれたのだった。

「よかったのね、オオタさん、これからいっそわたしの家にきて、いっしょにお暮らしになってくださらない？　母はわたしが承知させますわ」

太田はそれを承諾《しょうだく》し、いまや、ささやかな財産をエリスにあわせ、つらいながら楽しい月日を送ることとなった。

明治二十一年の冬はきた。エリスは二、三日前舞台で卒倒《そっとう》し、人にたすけられて帰宅した。食事はたべることにはくので、心配していると、母は心得たようにささやいた。

「オオタ、エリスの病気はつわりですよ」

太田はそれを聞いて、喜ぶより不安であった。おぼつかない身の行末《ゆくすえ》なのに、この異郷で、土地の女とのあいだに子供までもうけ、どうして将来をすごしてゆけるかと思うのであった。

☆

ある朝、思いがけず、親友相沢の手紙がとどいた。しかも同じベルリンのスタンプがおされている。

「急なことで、君に知らせるひまもなかったが、昨夜当地につかれた天方《あまがた》大臣の随行《ずいこう》として、ぼくも日本から来た。大臣は君にあいたいと言っていられる。君の名誉を回復するいい機会だ。すぐ来てくれ」

手紙はそんな内容だった。

「オオタ、たとえあなたが富貴《ふうき》になる日があっても、私を決してみすてないでね」

とエリスは言った。

太田が、大臣の宿舎に行くと、相沢の紹介で、大臣はすぐにドイツ語の文章の翻訳をたのんだ。そのあとで、相沢がさそってくれた。

その席上、太田のうちあけた話に、ときどきおどろきの色を示した相沢は、きっぱりと諫《いさ》めた。

「それは、君の心の弱さから生じたことだ。学識《がくしき》、才能のある者が、いつまでそんな小娘《こむすめ》の情におぼれるのだ。いまは大臣にみずから君の才能を示して、その信用を得よ。そして、そのエリスとかいう娘と絶交《ぜっこう》せよ。」

舵《かじ》を失った舟人《ふなびと》が、はるかな山を発見したような相沢のことばだった。貧しくとも楽しいいまの生活、すてがたいエリスの愛。――だが、友に対して、否《いな》、といえない太田の心弱さであった。太田は声低く答えた。

「きっと、君の言うとおりに、このまじわりを絶《た》とう」

大臣から頼まれた翻訳は、一夜でやってのけ、それからしばしば、太田はそのホテルに行くようになった。一月《ひとつき》ほどして、大臣は、

「明朝ロシヤへ出発するが、いっしょに、しばらくのあいだ、君も来てくれないか」

と頼んだ。急のことで、太田はおどろいたが、ついに承知した。

エリスは欠勤が続いたとの理由で、劇場から除籍《じょせき》されてしまっていたが、太田は翻訳料を生活費に残して、ロシヤに旅立った。

その地に滞在中も、たえずエリスからのたよりをうけとった。

「あなたを思う心がどんなに深いか、いま、はっきり知りました。あなたは故国《ここく》によるべもないと言われるので、ベルリンにいい生活の手段があったら留《とど》まられるでしょう。きっとわたしの愛でつないでみせます。もし、日本に帰られるなら、わたしも母とともも行くことはたやすいのですが、そのための旅費をどうして作りましょう。ああ、しばしの旅と出発されてから二十日、別離の思いは日に濃《こ》いのです。ただならぬわが身がようやくはっきりしてきました。どんなことがあっても、私をすてててくださいますな。ただ早くベルリンに帰ってちょうだい」

ほどへてのたよりには、そう記してあった。しかし、太田は、いつか大臣の命のままに動く男となっていた。

☆

太田が、大臣の一行と、ふたたびベルリンに帰ったのは、新年のことであった、馬車をとばしてわが家にもどり、階段を登ろうとすると、エリスはかけおりてきて、首に抱きつき、さけんだ。

「よく帰っていらっしゃったのね。でなかったら、わたしの命は消えていたでしょう」

太田の望郷《ぼうきょう》と栄達《えいたつ》の念は、はや、愛情に勝とうとしていたが、この刹那《せつな》、迷いの念は去り、彼はエリスを抱きしめ、エリスの頭は彼の肩によりかかって、その喜びの涙は、肩に流れた。

部屋にはいると、白木綿《しろもめん》、白いレースが太田をおどろかせた。エリスはほおえみ、むつきをとりあげて、

「なんとお思い？　この用意を。——とても嬉しいの。赤ちゃんは、あなたに似て、黒い瞳《ひとみ》を持っているでし

ょう。ああ、夢にもみたのは、あなたの黒い瞳でした」

見上げるエリスの目には、涙があふれていた。

数日たって、太田は大臣から呼ばれ、誘《さそ》われた。

「君も、いっしょに日本に帰らないか」

そのようすは、辞退できないつよいものがあり、また、もし断わったら、わが身はついに広漠《こうばく》たるヨーロッパに葬《ほうむ》り去られる不安があった。ついに、

「承知いたしました」

と言ってしまったのだ。

「エリスになんと言おうか」

思い乱れ、雪の街《まち》をさまよい、太田は深夜わが家にたどりついた。髪は乱れ、死人のような顔色であった。服は泥まみれとなり、破れていた。それを一目見て、エリスはおどろいた。太田は、そのまま倒れ、気がついたのは、数週ののちのことであった。

そのとき、そばにはエリスがいたが、まったくやせ、血走った目はくぼみ、頬《ほお》は灰色にそげて、別人のようであった。太田が人事不省《じんじふせい》のあいだに、相沢がきて、エリスとの縁を切り、帰国することを告《つ》げたのだった。

そのとき、エリスは急にとび上がり、

「ああ！　オオタはこんなにわたしをあざむいていたのか」

と罵《ののし》り、その場にたおれ、その後狂乱をつづけた。わずかに、むつきを与えれば、顔をおしあてて泣くばかりであった。精神病院に入れようとしてもきかず、太田の病床《びょうしょう》をはなれず、むつきをおりおり抱き、また「薬を」と言うばかりで、まったく狂人となっていたのだ。

病《やまい》いえた太田は、エリスをすてて、泣きつつも帰国の途《と》についたが相沢をうらむ心と、悲しい憂悶は、長い船路《ふなじ》のあいだにも、一刻も消えなかった。

文学史上の価値

表題の「舞姫」とは、談話筆記『自作小説の材料』によると「バレチウズ」の訳で、「バレット」という踊りをおどる女のことである。今日のことばでいえば「踊子《バレリーナ》」の意味である。それを、優雅な感じのする王朝貴族風の呼び名「舞姫」としたところに、この小説の性格と鷗外文学の保守性とが感じられる。鷗外は作品全体の古典的整《ととの》いや典雅な擬古文体《ぎこぶんたい》へのうつりを考えて、あえてこの表題を選んだのである。

文体は、欧文脈から来る明晰《めいせき》な論理的叙法を骨格としながら、優婉《ゆうえん》な和文脈による旋律《メロデー》を、端厳《たんげん》な、あるいは華麗な漢語的修辞のもつリズムによって、ひとつの典雅な格調を保たせた、新しい擬古文体《ぎこぶんたい》でつらぬかれている。この擬古文体（文語文体）は、『浮雲』によって画期的な口語文体の小説を作り出し、「言文一致体」の運動を始めた二葉亭四迷などとちがって、鷗外が「洋行帰りの保守主義者」とでもいうべく、文化の進歩についてもきわめて懐疑的であったことを示している。この文体において、「文明開化」の風潮の功利主義的側面におし流されて、ともすればイージーなところへ走り、卑俗なものにむすびつこうとする国語と、その文学上の頽廃《たいはい》にしがらみをかけ、時流をこえる芸術の自律的世界を小説において樹立しようとする、鷗外の強靱《きょうじん》な意力がみとめられるのである。

舞姫などの作品を収めた『美奈和集《みなわ》』の広告文の一つで、鷗外はみずから「何れも優雅なる国文と雄渾《ゆうこん》なる漢文と精巧なる欧文脈とを融合調和して新文運を開拓せる名作」と書いている。鷗外の自負がどんなところにあったかがよくうかがわれるが、この意図は舞姫において果されたといえる。

舞姫は、一応は近代的な自我の目ざめをテーマとする作品だといえよう。佐藤春夫の『森鷗外のロマンティシズム』は、そのテーマを、

「家庭と国家や社会に奉仕する事を一念とした封建的な明治日本の一青年（それには鷗外自身の面影が大にある）が欧州の文明を見ておもむろに近代精神に目ざめ、家庭とか社会とかいふ人間の約束から次第に解放されて立身出世などの意義を疑ひ、漸《ようや》く個人の意識を得てニル＝アドミラリな近代人となると同時に同類共通の性質たる人間性を知つて今までは取るに足らぬものとしてゐた恋愛の真意義を悟《さと》り苦悶するというふ話で、要するに封建人が近代人となる精神変革史というべきものが『舞姫』のテーマなのではあるまいか。恐らく青年鷗外の当年の内面的自画像なのではあるまいか」

と要約している。これは「恋愛の真意義云々」部分を除《のぞ》けば、おおむね妥当な見解である。

しかし、右の浪漫《ロマン》的な要約にもかかわらず、舞姫が、そういう「近代人」に変革されたはずの豊太郎が恋愛を捨てて官界に復帰し、立身出世の道を歩もうとする道程を描いていることは事実で、それゆえに、これまで矛盾とか、あいまいとかいう、さまざまな「舞姫」批判が出されてきた。つまり、鷗外の内部に、豊太郎的な、恋愛を契機とする人間内面の自由や美へのロマン的なコースと、相沢的な、政治権力に依存して外的行動に活路をもとめるリアルなコースとの分裂があったといえる。

舞姫のテーマは、鷗外の意図に即していえば、単なる近代的な自我の目ざめでも、その挫折《ざせつ》の悲劇でもなく、近代的浪漫的な自我の目ざめを経験した近代の日本の知識人は、単なる個人の自由とか、婦女子の愛とかにおぼれ切ることなく、そういう迷いを克服して、あくまで国家有用の人材として、現実的に生きるべきだという決意あるいは主張だったといえよう。けれども、作品全体の色調を眺めると、豊太郎とエリスとの恋愛の感情生活を通して、鷗外の意図したロマンティシズムの情感がかなりよく出ている。この情感が、当時の文壇に新鮮な息吹きをあたえ、今日もこの作品の愛好されるひとつの理由ともなっている。

雁

成立の背景

『雁』は、明治四十四年九月から大正二年五月にかけ、雑誌「スバル」に断続しながら「弐拾壱」まで掲載され、以下「弐拾肆」(二十四)までは、大正四年五月に籾山《もみやま》書店から単行本とするにあたって書き加えられ、全編が完成した。その間、四年の歳月がながれるという、鷗外としては異例の断続をへての完結であった。

『雁』が掲載される前月に、「スバル」誌上で『青年』は完結し、翌月の十月から「三田文学」に『灰燼《かいじん》』の連載がはじまり、おなじ月、『百物語』が「中央公論」に発表された。したがって『雁』は、鷗外の創作意欲がもっとも旺盛だったころの作品といえる。

前に生涯編でみたように、『キタ・セクスアリス』の中に出てくる東大の医学生であった鷗外の初恋の人「秋貞の娘」が、この作品の主人公お玉の原型である。十九歳の医学生鷗外は、下宿屋上条《かみじょう》に下宿生活を送った。『雁』は、その上条での下宿生活を背景にして、その頃学生達の噂《うわさ》にのぼった無縁坂の妾宅の美しい女に、鷗外みずからの初恋の人「秋貞の娘」を配合して描いた、鷗外の青春の物語ともいえる作品である。

あらすじ

古い話である。僕は偶然、それが明治十三年の出来事だということを記憶している。そのころ僕は東京大学の真向かいにあった、上条という下宿屋に、この話の主人公と壁ひとつへだてた隣りどうしになって住んでいた。

この男は岡田という医学生で、血色がよく、体格もがっしりした美男子であった。その上きちょうめんな性格で、均衡《きんこう》をたもった学生生活をしていて、遊ぶ時間はきまって遊ぶ、夕食後はかならず散歩に出て、十時前にはまちがいなく帰るという、標準的下宿人といわれる男である。

この話の出来事のあった年の九月ごろ、岡田は夕食後の散歩の途中、無縁坂のさびしい家に住む、銀杏返《いちょうがえ》しの鬢《びん》が蝉《せみ》の羽のように薄い、鼻の高い細長い顔がややさびしく、額《ひたい》から頬にかけて少しひらたい感じの女と、いつとはなく窓越しにほほえみかわすようになった。岡田は窓の女に会釈《えしゃく》をするようになってからよほど久しくなっても、その女の身の上をさぐってみようともしなかった。

窓の女の素姓《すじょう》は、あとできいたのであるが、ここでざっと話すことにする。

まだ大学医学部が下谷にあったころ、大学の小使に末造《すえぞう》というのがいた。学生相手に小金《こがね》を貸していたが、それがとうとう一人前の高利貸になった。学校が本郷にうつるころには、もう末造は小使ではなかった。末造は、高利貸で成功して、池《いけ》の端《はた》へ越してからは、みにくい、口やかましい女房をあきたらなく思うようになり、女を囲《かこ》うことを思いついた。

そこで彼の胸にうかんだのは、前に一度見たことのあるお玉であった。そこで、お玉と飴細工《あめざいく》の爺さんのありかをつきとめ、ある大きな商人が妾《めかけ》にほしいというがどうだと、人をもってかけあうと、最初は妾になるのはいやだといっていたが、とうとう親のためだというので、承諾するというところまで話がすすんだ。

話がきまって、お玉は無縁坂に越してきた。末造は、ういういしいお玉のことばづかいや、たちいふるまいがひどく気にいったとみえ、金貸業のほうで、あらゆる峻烈《しゅんれつ》な性分《しょうぶん》を働かせているのに、お玉に対しては柔和《にゅうわ》な手段《てだて》のかぎりをつくして、毎晩のように無縁坂へかよってきて、お玉のきげんをとっていた。お玉も退屈なので、夕方になれば、旦那がきてなぐさめてくれるのを心待ちするようになった。

ところがまもなく、魚屋のお上《かみ》さんの口から末造が大商人だというふれこみだったのに、事実は高利貸と知ったお玉の心に、なにものかがうっけつするようになった。翌朝池の端の父親をたずねたお玉は、旦那を信用していないような物の言いようだととがめた父親に対して、にっこりと笑っていった。

「わたくしこれで段々えらくなってよ。これからは人に馬鹿にされてばかりはいないつもりなの。豪気《ごうき》でしょう」

お玉は、せっかく安心している父親に、よけいな苦労をかけたくない、それよりは自分を強く、丈夫《じょうぶ》に見せてやりたいと、努力して話しているうちに、これまで人にたよっていた自分が、思いがけず独立したような気になった。われながらふしぎなほど、元気よく父の家を出た。

お玉は、自分の本心というものが別にあることに気がついた。それと同時に、またなんの躾《しつけ》をも受けていない芸なしの自分ではあるが、このまま末造の持物《もちもの》になって果てるのは惜しいように思い、ふとあの大学生

映画「雁」（大映作品）

のなかに、自分をいまの境遇《きょうぐう》から救ってくれる人はないかと、妄想《もうそう》するようになったのである。

このときお玉と顔を知りあったのが岡田であった。顔をあわせているうちに、なんとなくなつかしい人柄《ひとがら》だと思いそめた。それから毎日窓からそとを見ているにも、またあの人が通りはしないかと待つようになった。

岡田がはじめて帽子をとって会釈《えしゃく》したとき、お玉は胸をおどらせて、自分で自分の顔の赤くなるのを感じた。

ある日、けんかをしてひょいとうちをとび出した末造は、お玉に飼わせてやろうとひとつがいの紅雀《べにすずめ》を買った。

二百十日もぶじにすぎたある日、岡田はどこというあてもなしに上条の家を出て、例によって無縁坂のほうへまがった。道が爪先下りになったころ、右側に人立ちがして、大勢の女たちがさわいでいるのに気がついた。それはそこの家の格子《こうし》窓《まど》にさがっている鳥籠《とりかご》に、大きい青大将が首をいれ、一羽の鳥をもうくわえている。いま一羽の鳥はばたばた羽を動かして、なきながらせまい籠のなかを飛びまわっていた。

このとき、家の主人らしいやや年上の女が、あわただしげに、しかもえんりょらしく岡田に物をいった。蛇をどうかしてくれるわけにはゆかないかというのである。

岡田はどうしようかとちょっと迷ったが、

「なにか刃物《はもの》はありませんか」

といった。主人の女が一人の小娘に、

「あの台所にある出刃《でば》を持っておいで」

といいつけた。

岡田は待ちかねたように出刃をうけとると、はいた下駄をぬぎすてて肱掛《ひじか》け窓へ片足をかけた。庖丁で蛇のからだを腕木におしつけるようにすると、ぐりぐりと前後に動かした。五、六度も前後に動かしたかと思うとき、蛇の下半身が麦門冬《りゅうのひげ》の植えてある雨垂《あまだ》れ落《お》ちの上に落ちた。つづいて上半身がはっていた窓の鴨居《かもい》の上をはずれて、首を籠にさしこんだままぶらりとさがった。生き残った一羽の鳥が、ふしぎに精力を消耗《しょうもう》しつくさずに、まだ羽ばたきをして飛びまわっていた。

「あら、あなたお手がよごれていますわ」

と、女主人は女中をよんで手水盥《ちょうずだらい》を持ってこさせた。

この日からお玉は、岡田としたしく話をしたために、自分の心持ちがわれながらおどろくほど急激に変化してきたのを感じた。これを縁に岡田にどうかして近よりたいと思った。

やがて、坂の上には朝霜がまっ白におりるようになった朝、末造がやってきて、二、三日泊《とま》りがけで千葉のほうへ旅行にでると、いとまごいにきた。お玉はせきたてて女中を親もとにかえすと、その夜岡田にあう大胆《だいたん》な決心をつけるのだった。

その日、僕は岡田を散歩にさそった。下宿の夕食に、僕のきらいな青魚《さば》のみそ煮《に》が出たので、外食しようと出かけたのである。

無縁坂をおりかかると、左側の格子戸のある家の前には、決意にもえたお玉が立っていた。いつもとまるで違った、てりかがやくような美しさであった。お玉の目はうっとりとしたように、岡田の額にそそがれていた。岡田はあわてたように帽子をとって礼をすると、無意識に足のはこびを早めた。

お玉は、つれがあるのでついに岡田を呼びとめえなかった。二人が不忍の池のふちに出ると、石原という学生が岸の上に立って何か見ていた。葦《あし》の枯葉のあいだに、十羽ばかりの雁がゆるやかに往来していた。

「あれまで石がとどくか」

と、石原が岡田の顔を見ていった。

「あれはもう寝るのだろう。石を投げつけるのはかわいそうだ」

「君が投げんなら僕が投げる」

「そんなら僕が逃がしてやる」

岡田は不精《ぶしょう》らしく石をひろって投げた。

「あたった」

と、石原がいった。頸《くび》をたれた雁は動かずにもとのところにいた。逃がすつもりで投げた石があたって死ぬなんて、ふしあわせな雁もあるものだと、岡田がひとりごとのようにいう。石原は、雁をとりに池のなかへはいっていった。岡田はとつぜん僕に、

「君に話すことがある」

といいだした。それはドイツ人の助手として外遊するため、あすは本郷の下宿を去ることをうちあけたのである。

やがて石原がとってきた雁は、思いがけぬ大きさの雁であった。

石原の家で雁を料理してたべようと、三人が帰って行くみちすがら、無縁坂下までくると、坂のなかほどにお玉は石のようにつっ立ち、その美しい目のそこに無限の名残《なご》りをふくんでいた。

一本の釘《くぎ》から大事件が生ずるように、青魚《さば》の煮魚《にざかな》が上条の夕食の膳《ぜん》にのぼったために、岡田とお玉とは、永遠にまた相見ることができなくなったのである。

目前に訪れる幸福に身も心もあこがれていたお玉の前を、その幸福は三つの運命をもって行きすぎる。

文学史上の価値

ひとつは下宿の夕食に出た「青魚《さば》の煮付け」であった。そのみそ煮のいやさに僕は隣室の岡田を誘って外

食に出かけて行く。岡田のそばに僕という友人がいたために、ついにお玉は岡田に声をかけることもできない。

他のひとつは「雁」である。二人は不忍《しのばず》の池で友人の石原に会い、「あれまで石が届くか」と無造作にいう石原にたいして、岡田は「あれはもう寝るのだろう。石を投げつけるのは可哀そうだ」とこたえる。このなにげない心遣《づか》いにも、岡田のやさしさがうかがえる。しかし、不幸にも、逃がそうとして投げた岡田の石が、一羽の雁に命中してしまい、雁は頸をたれ、じっと動かずにもとのところにいる。あとで岡田はこの雁にたいして、「ふしあわせな雁もあるものだ」とぽっつりつぶやく。それを聞いて僕は、とっさに、無縁坂のお玉の顔がうかんだ。おそらく岡田の脳裡にも、頸をたれたままの雁と、家の前でじっとたたずんでいたお玉との二つの映像が、一つに重なりあっていたのだろう。うずくまった雁こそ、お玉のはかない運命の象徴にほかならなかった。いや、ひとり雁の死のみならず、たまたま岡田の石が雁にあたったことも、その雁をぶらさげて帰途についた彼らが、ふたたびお玉の家の前を通る時は三人にふえていて、お玉が呆然《ぼうぜん》として見送るほかはなかったのも、みな偶然という運命のなせる業であった。

そして最後のひとつは、岡田の「外遊」である。彼はその翌日留学のために東京を去った。お玉から永久に姿を消したのである。

人間のおたがいの交渉は、ときに思いがけない偶然によってあらぬ方《かた》へ持ち運ばれてしまう。僕の夕食に「青魚の煮付け」、あるいは三人の前に「雁」の死、そして岡田の「外遊」という事件が重ならなかったら、別の運命がお玉の身の上にかかってきたかもしれなかったのだが、運命の網目はこの三つの偶然によって、お玉のいじらしい悲願をかなえさせてくれなかったのである。

この運命のはかなさ、それへの漠《ばく》たるうらみ、それこそ小説『雁』の主要なテーマである。また、『雁』は、明治のはじめに出合わなくてはならなかった、一女性の悲劇を描いたものだとも解される。ただ、いえることはお玉という一人の女性の自我の芽生えとその伸長というよりか、それがあえなくくずれおちて行った低い旋律《メロディー》が、全編をつらぬいているということである。

それはそれとして、この『雁』には、明治十年代の、大学生を中心とする社会のありさまが、適確に描かれている。江戸情緒の残映ともいえる、明治十年代の本郷、下谷、神田界隈《かいわい》の地理・風俗・人情などがきわめて精確な筆致で描出されている。素直な女中のお梅、へんくつで無愛想な小鳥屋のおやじ、めがね橋の袂《たもと》で日傘のかげでカッポレを踊る十二、三歳の少女、それらのすがたや言葉づかいを、失われたものとして読者はなつかしむことができる。なおまた、無縁坂にひっそり住むお玉の生活形態、お玉の父親や末造夫婦のそれにしても、それぞれ下町生活の典型である。そして、これらの生態を描いてたんなる風俗小説に堕さなかったのは、鷗外の透徹した洞察力によるのであろう。

『雁』は、前述のように運命にもてあそばれる悲恋の姿、これを冷静に凝視している鷗外の深い人生観照が読者の心に食い入ってくる傑作である。この運命凝視の小説作法のみごとさはリアリズムの典型である。永井荷風は、この作品などを手本にして小説を書いたといわれている。鷗外文学の傑作のひとつというばかりでなく、近代文学の樹立した人生観照の文学の代表的作品といってよいのである。

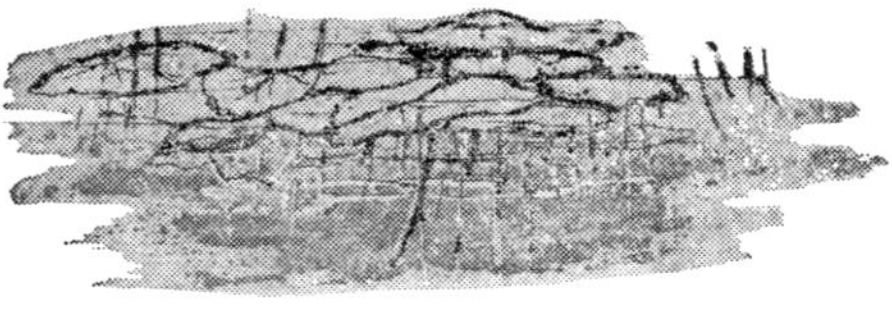

「阿部一族」

成立の背景

『阿部一族』は大正二年一月、「中央公論」に発表された。鷗外とすれば、『興津弥五右衛門の遺書』にひきつづく歴史小説の第二作である。つぎの『佐橋甚五郎』や前作とともに、同年六月籾山《もみやま》書店発行の歴史小説集『意地』におさめられている。

『阿部一族』は、武家社会に起こった殉死《じゅんし》にからむ事件を中心に、武士精神の実体を明らかにしようとした作品である。歴史小説の第一作『興津弥五右衛門の遺書』（大正元年十月「中央公論」）は、当時起こった乃木大将の殉死事件に触発されて、それと似通った九州熊本の細川家の家臣の殉死事件を扱ったものであるが、これも同じ細川家の殉死事件に取材している。しかし前者と違うのは、殉死を願い出ても許されなかった父の子らが、新しい主君に反抗して、ついに一族皆殺しにあうという珍しい物語になっていることである。

鷗外は九州小倉に勤務していたころ、このような事件があったことを、『阿部茶事談《さじだん》』という筆写本で知っていて、それに典拠を求めてこの作品を書いたのである。なお、単行本収録にあたって鷗外は、『忠興公御以来御三代殉死之面々』という記録によって補筆訂正をしている。

あらすじ

従四位《じゅしい》の下《げ》、左近衛《さこんえ》の少将、兼越中《えっちゅう》の守《かみ》細川忠利は、寛永十八年の春、よそより早く咲く領地肥後《ひご》の国の花を見すてて、江戸をめざして参勤交代の途《と》にのぼろうとしているうち、はからずも病をえ、とうとう三月十七日申《さる》の刻に、五十六歳で亡《な》くなった。

三月二十四日には、初七日のいとなみがあった。四月二十八日には、それまで館《やかた》の居間の床板をひきはなって、土中においてあった棺をかつぎあげて、飽田郡《あきたごおり》春日村の岫雲院《しゅううんいん》で遺骸を茶毘《だび》にふし、高麗門《こうらいもん》のそとの山にほうむった。

ちょうど茶毘のさいちゅうである。それまで青空の下を、輪をかいて飛んでいた二羽の鷹がさっと落ちてきて、境内《けいだい》の桜の下の井戸の中にはいって死んだ。井戸の水底深くもぐって死んだのは、忠利の愛していた有明《ありあけ》、明石という二羽の鷹であった。人びとのあいだに、

「それではお鷹も殉死《じゅんし》したのか」

とささやく声が聞こえた。それは、殿様が亡くなってからおとついまでに、殉死した家臣が十余人あって、きのうも一人切腹したので、家中誰一人として殉死のことを思わないものはなかったからである。

殉死には自然におきてができていて、誰でもかってにできるものではない。殿様のお許しをえなくてはならない。このたび殉死した内藤長十郎元続《もとつぐ》は、忠利が死を覚悟したとき、病床をはなれずに介抱し、忠利の足をさすりながら殉死のお許しを願って許されたのである。長十郎と前後して、忠利から殉死の許しをえた家臣は、十八人あった。

以上の十八人のほかに、阿部弥一右衛門通信《やいちえもんみちのぶ》という者があった。はやくから忠利の側近《そば》くつかえて、いまは千石あまりの身分になっている。しかし、この弥一右衛門は、忠利から嫌われ、殉死の許しをえられなかったので、やむをえず、一日一日と例のごとくに勤めていた。

ところが、忠利の四十九日も五月五日にすんでまもなく、弥一右衛門の耳に誰がいいだしたのかわからないが、

「阿部は、お許しのないのをさいわいに生きているとみえる。お許しはなくても追い腹は切られぬはずはない。阿部の腹の皮は人とはちがうとみえる。瓢簞《ひょうたん》に油でもぬって切ればよいに」

といううけしからぬ噂《うわさ》が聞こえだした。弥一右衛門は、命の惜しい男と見られたのをいきどおり、その日、詰所《つめしょ》から帰ると子供たちをあつめ、兄弟喧嘩をするなよと遺言し、その面前で切腹し、自分で首筋を左から右へ刺しつらぬいて死んだ。

やがて、忠利の子の光尚《みつひさ》が、正式に細川家の家督《かとく》を相続した。殉死した十八人の家には、嫡子《ちゃくし》はそのまま父のあとをつがせられ、その未亡人、老父母には扶持《ふち》が与えられた。ところが、弥一右衛門の長男の権兵衛は、父のあとをそのまままつぐことができず、弥一右衛門の千五百石の知行《ちぎょう》は、こまかに弟たちへも配分された。権兵衛は小身《しょうしん》ものになり、弟たちも、これまで千石以上の本家によって、大木の陰に立っているように思っていたのが、いまはありがたいようで迷惑な思いをした。

弥一右衛門はりっぱに切腹したが、いったん受けた侮辱《ぶじょく》は容易に消えず、誰も弥一右衛門をほめる者がな

い。上《かみ》では、弥一右衛門の遺骸を細川家のお霊屋《たまや》のかたわらにほうむることを許したのであるから、跡目相続の上にも、他の殉死者一同と同じあつかいをしてよかったのである。ところが、上《かみ》で一段下がったあつかいをしたので、家中のものの阿部家侮辱の思いが、おおやけに認められた形になった。権兵衛兄弟は、しだいに同僚から疎《うと》んじられて、楽しくない日々を送った。

翌年——先代の殿様の一周忌になった、お霊屋のそばには、向陽院というお堂が立って、そこに忠利の位牌《いはい》が安置された。

儀式はとどこおりなくすんだが、そのあいだにただひとつの珍事《ちんじ》がおこった。それは、阿部権兵衛が、殉死者遺族の一人として、席順によって先代の位牌の前に進み、焼香をしてしりぞくときに、脇差の小柄《こづか》を抜きとって髻《もとどり》を押し切り、位牌にそなえたことである。詰めていた侍どもも、不意の出来事に驚いて、ぼんやり見ていたが、一人の侍がようよう我にかえって、

「阿部殿お待ちなされい」

と呼びかけながら、追いすがって、権兵衛を別間につれてはいった。

権兵衛が、詰めていた役むきの侍に訊問《じんもん》されて答えたところは、こうである。父弥一右衛門は、一生きずのないご奉公をしたからこそ、故殿様《なきとのさま》のお許しをえないで切腹しても、殉死者の列に加えられた。しかし、それがしはおろかで、父同様のご奉公ができにくいのを上《かみ》にも承知とみえて、知行を分割して弟どもにおつかわしなされた。それがしは、故殿様にも、ご当主にも、なき父にも、一族の者にも、同僚にも面目がない。

映画「阿部一族」(東宝作品)

こう考えているうちに、今日、お位牌にご焼香いたす場合になり、いっそのこと武士をすてようと決心いたしました。お場所がらをかえりみないおとがめは甘《あま》んじて受ける。気が狂ったのではない、というのである。

権兵衛の答を聞いて、光尚は不快に思った。まだ二十四歳の血気の殿様で、恩をもって怨《うら》みにむくいる寛大の心持ちがとぼしい。そこで、即座に権兵衛を監禁させた。そして、京都の大徳寺から下向《げこう》してきた天祐和尚《てんゆうおしょう》が、熊本を立つやいなや、光尚はすぐに権兵衛を引き出して縛《しば》り首にさせた。先代のお位牌に対して不敬《ふけい》なことをした、上を恐れないおこないとして処置されたのである。

弟の弥五兵衛以下一同の者は、寄りあつまって評議した。権兵衛のおこないは、不埒《ふらち》には違いない。切腹ならまだしも、盗賊かなんぞのように、白昼に縛り首にされた。このようすから推測すれば、一族の者も安穏《あんのん》にはさしおかれまい。たとい別におとがめがないにしても、縛り首の刑に処せられた者の一族が、なんの面目あって、同僚にまじってご奉公しよう。この上はしかたがない。何ごとがあろうと兄弟わかれわかれになるな、と弥一右衛門の遺言どおり、一族討手《うって》を引き受けて、ともに死ぬほかないと、一人の異議をとなえる者もなく決した。

阿部一族は、妻子をまとめて、権兵衛の山崎屋敷にたてこもった。

討手は、四月二十一日にさしむけられることになった。阿部一族は、討手の向かう日をその前日に聞き知って、まず邸内をくまなく掃除し、見苦しいものはことごとく焼きすてた。それから、老若《ろうにゃく》うち寄って酒宴をした。それから、老人や女は自殺し、おさない者はてんでに刺し殺した。そして庭に大きい穴を掘って死骸を埋めた。あとに残ったのは若者ばかりである。弥五兵衛、市太夫、五太夫、七之丞の兄弟四人が指図して、障子、襖《ふすま》を取り払って広間に家来をあつめ、鉦《かね》太鼓を鳴らさせ、高声に念仏させ、夜のあけるのを待った。

阿部一族の立てこもった山崎の屋敷の左隣りの柄本又七郎《つかもとまたしちろう》は、へいぜい阿部弥一右衛門の一家と心安くしており、阿部家の悲運にも親身におとらない心痛をしていた。ある日、夜ふけてから、禁を破って、女房にいいつけ阿部の屋敷に見舞にやったこともあった。

しかし、いよいよ明朝は上《かみ》の討手が阿部家へくるという前の晩、又七郎はつくづく考えた。ご沙汰《さた》には火の用心をせい、手出しをするなといってあるが、武士たる者がこの場合にふところ手をして見ていられたものではない。情は情、義は義である。おれにはやりかたがあると、夜ふけに庭へ出て、阿部家との境の竹垣の結び縄《なわ》を切っておいた。それから、長押《なげし》にかけた手槍をおろし、身支度《みじたく》をして夜の明けるのを待った。

討手として阿部の屋敷の表門へ向かうことになった竹内数馬は、忠利の小姓《こしょう》をつとめ、島原征伐のとき、感状をつかわされ、加増になった。その数馬が、光尚に討手をいいつけられて、喜んで詰所へさがると、同僚の一人が、こんどのお役目は大目付役の林外記《はやしげき》の指図だとささやいた。数馬はこれを聞くや、即座に討死をしようと決心した。外記が自分を推《お》してこのたびの役にあたらせたのは、自分が殉死するはずであったのに殉死しなかったから、命がけの場所にやるというのである。殉死してよいなら、自分は誰よりも先にする覚悟であった。それなのに、殉死をすべきなのにしないでいた人間としてあつかわれたのは、かえすがえす口《くち》惜《お》しい。自分は外記からはずかしめられた。しかし、殿様も殿様である。けがをするなとおっしゃるのは、惜《お》しい命をいたわれとおっしゃるのである。外記のような悪人からはずかしめられたのはがまんもできよう。しかし、殿様に見すてられたのはがまんができない。一刻も早く死にたい。犬死でもいいから、死にたい。数馬はこう思った。

寛永十九年四月二十一日は、麦秋《ばくしゅう》によくある薄雲りの日であった。

隣家の柄本又七郎は、数馬の手のものが門をあける物音を聞いて、前夜結び縄を切っておいた竹垣を踏み破って、駈けこんだ。毎日のように行き来して、すみずみまで知っている家である。手槍を構えて、台所の口から、つと入った。座敷の戸をしめ切って、討手を一人一人討ち取ろうとして控えていた一族のなかで、裏口の人のけはいにまず気がついたのは弥五兵衛である。これも手槍をさげて台所へ見に出た。

「や、又七郎か」

「おう。かねての広言《こうげん》がある。おぬしの槍の手並みを見に来た」

「ようわせた（よく来た）。さあ」

親しい間柄の二人は、槍をまじえた。しばらく戦った。が、槍術は又七郎のほうがすぐれていたので、弥五兵衛の胸板をしたたかに突き抜いた。弥五兵衛は、槍をからりとすてて、座敷の方へ引こうとした。

「卑怯じゃ。引くな」

又七郎が叫んだ。

「いや、逃げはせぬ。腹を切るのじゃ」

いいすてて座敷にはいった。

そのせつなに、

「おじ様、お相手」

と叫んで、前髪の七之丞が電光のごとく飛んで出て、又七郎の太股《ふともも》をついた。親友の弥五兵衛に深手を負わせて、思わず気がゆるんでいたので、又七郎は、槍をたてて、その場に倒れた。

数馬は門内にはいって、人数を屋敷のすみずみにくばって、まっ先に玄関に進んでみると、正面の板戸が細目にあけられている。数馬がその戸に手をかけようとすると、老臣の島徳右衛門《しまとくえもん》が押しへだて、

「お待ちなさりませ。殿はきょうの総大将じゃ。それがしがお先をいたします」といいうや、戸をがらりとあけて飛びこんだ。待ちかまえていた市太夫の槍に、徳右衛門は右の目を突かれて、よろよろと数馬に倒れかかった。

「邪魔じゃ」

数馬は、徳右衛門を押しのけて進んだ。市太夫、五太夫の槍が、数馬の左右のひばら（横腹）を突き抜いた。添島九兵衛、野村庄兵衛が、つづいて駈けこんだ。徳右衛門も、痛手に屈《くっ》せず、とって返した。

このとき、裏門を押し破ってはいった高見権右衛門は、十文字槍をふるって、阿部の家来どもをつきまくって座敷に出た。千場作兵衛もつづいて攻め入った。

裏表二手の者どもが、入り違いになっておめき叫んで攻めてくる。障子、襖《ふすま》は取り払ってあっても、三十畳に足りない座敷である。

市太夫、五太夫は、相手かまわず槍をまじえているうち、全身に数えられないほどの創《きず》を受けた。それでも屈せずに、槍をすてて、刀を抜いて切りまわっている。七之丞はいつのまにか倒れている。

左股を突かれた柄本又七郎が台所に伏していると、主のあとをしたってはいりこんだ家来の一人が駈けつけて、肩にかけてしりぞいた。もう一人の柄本家の家来の天草平九郎というものは、主人のしりぞくのを守って、半弓をもって敵を射ていたが、その場で討死した。

竹内数馬の手では、島徳右衛門がまず死んで、ついで小頭の添島九兵衛が死んだ。

高見権右衛門が十文字槍をふるって働くあいだ、半弓を持っていた小姓は、いつも槍の脇に詰めて敵を射ていたが、のちには刀を抜いて切ってまわった。ふと見ると鉄砲で権右衛門をねらっている者がある。

「あの弾丸《たま》はわたくしが受けとめます」

といって、小姓が権右衛門の前に立つと、弾丸が来てあたった。小姓は即死した。

阿部一族は、最初に弥五兵衛が切腹して、市太夫、五太夫、七之丞は、とうとう皆深手に息が切れた。家来も多くは討死した。

高見権右衛門は、裏表の人数を集めて、阿部の屋敷の裏手にあった物置小屋を崩《くず》させ、それに火をかけた。それから火を踏み消して、あとを水でしめして引きあげた。台所にいた千場作兵衛ら、重傷を負《お》ったものは、家来や同僚が肩にかけて続いた。

高見権右衛門は、討手の総勢をひきいて、光尚のいる松野左京《さきょう》の屋敷の前まで引き上げて、阿部一族を残らず討ち取ったことを、取りついでもらった。光尚は直接会おうといって、権右衛門を書院の庭にまわらせた。権右衛門は、討入りのときのめいめいの働きをくわしく申しあげて、第一の手がらを、単身で弥五兵衛に深手を負わせた隣家の柄本又七郎にゆずった。

「皆出精《しゅっせい》であったぞ。帰って休息いたせ」

光尚は、座を立つとき言った。

☆

竹内数馬の幼い娘には養子をさせて、家督相続を許されたが、この家はのちに絶えた。高見権右衛門は三百石、千場作兵衛、野村庄兵衛は、おのおの五十石の加増を受けた。柄本又七郎へは、光尚から賞詞《ほめことば》が伝えられた。親戚朋友がよろこびをいいにくると、又七郎は笑って、

「元亀天正《げんきてんしょう》のころは、城攻め野合わせが朝夕の飯《めし》同様であった。阿部一族討取りなどは茶の子の茶の子の朝茶の子じゃ」

といった。

竹内数馬の兄八兵衛は、かってに討手に加わりながら、弟の討死の場所にいあわせなかったので、閉門《へいもん》を申しつけられた。

阿部一族の死骸は、引き出して吟味《ぎんみ》された。白川で一人々々の傷を洗って見たとき、柄本又七郎の槍に胸板を突き抜かれた弥五兵衛の傷は、誰の受けた傷よりもりっぱであったので、又七郎はいよいよ面目をほどこした。

文学史上の価値

『阿部一族』は、前にも述べたとおり、『興津弥五右衛門の遺書』につぐ歴史小説の第二作で、前作と同様に殉死問題を扱っている。前作にくらべてもっと大規模な作品で、鷗外の歴史小説の最大の傑作とされている。前作では殉死の讃歌がかなでられていたが、『阿部一族』では、殉死も当をえないといかに悲劇的な結末を生むかという事実を解剖し、殉死の投げかけるいろいろの波紋を描

いている。

鷗外は殉死をめぐる武家気質を、歴史的な事実として承認し、その心理を整理し観察しているが、そこにはいわゆる近代化とか、合理化というような浅薄な手法を用いず、人々の感情や行動の必然性を同情をもって肯定している。ここに鷗外が歴史を扱う場合の基本的な態度が見え、そのことが、作品を重厚な真実性をもって裏打ちしている。

封建時代における君臣関係や、とくに武家社会における「家」の観念が、どんな意味のものであったかを、この作品ほどはっきりわれわれに明示したものはない。当時、佐藤春夫は、これを運命悲劇であるとともに、阿部一族に内在する性格悲劇でもあり、両者を兼ね備えた、凡人の眼の及ばない範囲の芸術的領土を開拓したものと評したが、近代文学史上、真の意味での歴史小説の誕生は、彼によって果たされたといっても過言ではない。

文章も、軍勢が攻め入ってからの描写は、簡潔な行間のなかにすばらしい迫力をもっていて見事である。冷厳で客観的な描写のなかに、沈痛で凄惨《せいさん》な有様が手にとるごとく感じられる。

山椒大夫

『山椒大夫《さんしょうだゆう》』は、大正四年一月「中央公論」に発表され、のちの大正七年二月、春陽堂から刊行された短編集『高瀬舟』に収められた。

成立の背景

鷗外は、『山椒大夫』を発表した大正四年一月、雑誌「心の花」にその解説文『歴史其儘《そのまま》と歴史離れ』を書いているが、それには、

「まだ弟篤次郎の生きてゐた頃、わたくしは種々の流派の短い語り物を集めて見たことがある。其中に粟の鳥を逐《お》ふ女の事があつた。わたくしはそれを一幕物に書きたいと弟に言つた。弟は出来たら成田屋にさせると云つた。まだ団十郎も生きてゐたのである。粟の鳥を逐ふ女の事は、山椒大夫伝説の一節である。わたくしは昔手に取つた儘で棄てた一幕物の企《くわだ》てを今単篇小説に蘇《よみがえ》らせようと思ひ立つた。」

と『山椒大夫』の成立について記している。鷗外はそれを最初戯曲にしようと企てたのである。そして、鷗外の弟篤次郎は明治四十一年、団十郎は明治三十六年九月に歿していて、団十郎の生前から鷗外が古伝説『山椒大夫』を戯曲にしようと志していたというのであるから、実に小説『山椒大夫』が世に出た大正四年までには十二年余りの歳月を経ており、『青年』の最後の章にある「お祖母あさんが話して聞かせた伝説」と

いうことばを『山椒大夫』に関する真実のこととするなら、さらに早くから鷗外は山椒大夫伝説に関心をもち、それを胸の中で暖めていたわけである。

鷗外が原拠とした山椒大夫伝説については、鷗外自身「語り物を集め」その中の古伝承を「おほよそ此筋《このすじ》を辿《たど》って勝手に想像して書いた」と『歴史其儘と歴史離れ』のなかで言っているが、その語り物は古浄瑠璃説経節（説経節とは徳川初期から起こった民衆演芸の一つで、人形を操って語る因果応報の霊験談の浄瑠璃）『さんせう太夫』であった。

鷗外はまた、『歴史其儘と歴史離れ』のなかで、「わたくしは歴史離れがしたさに山椒大夫を書いたのだが、さて書き上げた所を見れば、なんだか歴史離れが足りないようである。これはわたくしの正直な告白である」と言っている。

あらすじ

越後の春日《かすが》をへて今津《いまづ》へ出る道を、旅人の一行が歩いている。母は三十歳をこえたばかりで、二人の子供を連れている。姉は十四、弟は十二である。それに四十ぐらいの女中がついて、くたびれた姉と弟の二人を、

「もうじきにお宿でございますよ」

とはげまして歩かせようとする。

姉娘が弟をふりかえって言った。

「はやくおとうさまのいらっしゃるところへ行きたいわね」

「おねえさま。ずっと西の遠いところだもの。まだなかなか行かれはしないよ」

むこうから空桶《からおけ》をかついだ潮汲《しおく》み女があらわれた。その女に、このあたりで一晩とめてくれる家はないかと女中が声をかけた。ちかごろ悪い人買いがこの辺を立ちまわるので、国守《くにのかみ》の掟《おきて》でこのあたりでは旅人をとめることはできないのですよ、と女は答えた。

一行はすっかり困ったが、親切な潮汲み女の言葉にしたがって、すこし先の橋の下に大きな材木がたくさん立ててあるところに、その晩は野宿することにした。

そこにやって来たのは、骨組みのたくましい四十歳ばかりの男である。

「わしはあやしいものではない。山岡大夫という船乗りじゃ。さいわい、わしの家は街道を離れているので、こっそり人をとめても、誰に遠慮もいらぬ。さしたるもてなしはせぬが芋粥《いもがゆ》でも進《しん》ぜましょう」

こういった男の志《こころざし》に、母は感謝せずにはいられなかった。

夜があけかかると、大夫はせきたてるように主従《しゅじゅう》四人を家から送り出した。そして、みずから船頭となって、この直江の浦から舟出した。

山岡大夫は、越中境《さかい》の方角へ漕《こ》いで行く。

人家のない岩かげに、二隻の舟がとまっていた。大夫は客を見て、言った。

「さあ、お二人ずつあの舟へお乗りなされ。どれも西国《さいこく》への便船じゃ。舟足というものは重すぎては走りが悪い」

二人の子供は一隻の舟へ、母親と女中の姥竹《うばたけ》とは他の一隻へ、大夫が手をとって乗り移らせた。

一隻は北へ、一隻は南へ漕《こ》ぐ。

「あれ、あれ」

母親は狂気のごとく、ふなばたに手をかけてのびあがり、子供たちに最後の別れを告げた。子供たちはただ泣きぬれて母の名を呼ぶばかりである。女中は、まっさかさまに海にとびこんだ。母親も、ふなばたに手をかけ、海にとびこもうとしたが、船頭に引き倒されて綱をかけられた。

「おかあさま、おかあさま」

と呼びつづけている姉と弟とを乗せて、子供たちの舟は岸にそって南へ進む。

「もう呼ぶな。あの女子《おなご》には聞こえはせぬ。女子どもは佐渡へ渡って、粟《あわ》にむらがる鳥でも追わせられることじゃろう」

と船頭は叱《しか》った。二人は目を見合わせて泣いた。

こうして二人は幾日か舟で暮したが、舟は丹後《たんご》の由良《ゆら》の港に来た。ここには石浦というところに大きな邸《やしき》を構《かま》える、山椒大夫《さんしょうだゆう》という金持ちがいて、人ならいくらでも買う。

港に出むいていた山椒大夫の奴頭《やっこがしら》は、安寿《あんじゅ》、厨子王《ずしおう》をすぐに七貫文で買った。

ひとかかえ以上もある柱でつくった大きな家の奥深い広間に、一間四方の炉《ろ》を切らせて、そのむこうに山椒大夫がすわっている。左右には二郎、三郎の二人の息子が、狛犬《こまいぬ》のようにならんでいる。ことし六十になる山椒大夫は、朱を塗ったような赤ら顔で、ひたいが広く、あごが張って、髪もひげも銀色に光っている。

「買《こ》うてきた子供はそれか。珍らしい子供じゃというから、見れば、色のあおざめた、かぼそい童《わらわ》どもじゃ。姉は浜へ行って、日に三荷《さんが》の潮を汲《く》め、弟は山へ行って、日に三荷の柴を刈れ。弱々しい体に免《めん》じて、荷は軽うして取らせる」

奴頭は二人の子供を、新参小屋《しんざんごや》へ連れて行って、安寿には桶《おけ》と柄杓《ひしゃく》、厨子王には鎌《かま》と籠《かご》を渡した。

姉は潮を汲み、弟は柴を刈って、一日一日と暮らしていった。日の暮れるのを待って小屋に帰ると、二人は手をとり合って、筑紫《つくし》にいる父がしたわしい、佐渡にいる母が恋しいと言っては泣いた。

しばらくして、安寿のようすがひどく変わってきた。顔は引きしまり、目ははるかに遠いところを見つめている。そして物を言わない。ついに厨子王はたまりかねて、心配げに聞いたが、安寿は何でもないとただ笑うだけだった。

やがて、年も明け、水がぬるみ、草が萌《も》えるころとなった。

あすからは外の仕事にもどるという日に、三郎が小屋にあらわれた。すると安寿は、つと前に進み出た。

「お願いがございます。じつはわたくしは弟といっしょに仕事がいたしとうございます。どうかわたくしを山へやっていただくように、おとりはからいくださいまし」

安寿はあおざめた顔を紅潮《こうちょう》させ、目をかがやかせて頼んだ。

三郎は安寿の思いつめたさまに押されて、ようやく口をひらいた。

「この邸《やしき》では、奴婢《ぬひ》の仕事は、重いこととして、父がみずからきめるのじゃ。しかしお前の願いはよくよくのことであろう。わしがよくとりなして、のぞみどおりにしてやる」

厨子王はすぐに姉のそばに寄った。

「おねえさん、だしぬけに山へ行きたいだなんて、どうしたのですか」

「ほんにそうお思いなのはもっともだが、わたしだってあの人の顔を見るまでは、頼もうとは思っていなかったの。ふと思いついたのだもの」

あくる朝、二人の子供は背に籠をおい、腰に鎌をさし、手をとりあって木戸を出た。

柴をかる木立《こだ》ちのあたりまで来ても、安寿は足をとめようとせず、厨子王を引っぱってずんずん山にのぼり、しばらくして外山《とやま》のいただきまで来た。

安寿はそこに立って、南の方をじっと見ている。目はふもとを流れる大雲川のむこうのかなたに、こんもりと茂った木立ちのなかから、塔《とう》のさきの見える中山《なかやま》の寺にそそがれた。

「厨子王や。きょうはわたしの話をよくお聞き。小萩から聞いたのだが、あの中山を越せば、もう都《みやこ》が近いのだそうだよ。筑紫は遠くて行けないし、佐渡へ渡るのも容易ではないが、都へはきっと行かれます。お前はこれから思いきってこの土地を逃げ、都へのぼっておくれ。そして神さまや仏《ほとけ》さまのおみちびきで、おとうさまにお逢いし、おかあさまをお迎えに行っておくれ」

安寿の言うことを、厨子王はだまって聞いていたが、涙がぽろぽろとほおを伝わって流れた。そして自分一人逃げのびても、後に残る姉の身の上を思い浮かべて、厨子王は不安だった。

「それはいじめられるでしょうが、あの人たちはわたしを殺しません。わたしはお前のお迎えを待ってますよ」

安寿は健気《けなげ》に弟をはげました。そして二人は山をくだって来た。

「これは大事なお守りだが、お前にあずけます。きっとおまえを守ってくれるでしょう。わたしだと思って大事にしてください」

と厨子王に守り本尊を渡した。そして、

「晩にお前が帰らなければ、討手《うって》が後を追いましょう。まともに逃げては追いつかれてしまうから、中山まで、うまく落ちのびたら、あの塔の見えていたお寺にはいって、かくしておもらい。しばらくお寺にかくれ、討手が帰ったら、お寺から逃げ出しなさい」

二人は急いで山を降《お》りた。泉のわくところへ来て、二人は清水を汲《く》んだ。

「これがお前の門出を祝うお酒だよ」

こう言って一口飲んで弟に差した。

厨子王はそれを飲みほした。

「おねえさん、ご機嫌よう」

映画「山椒大夫」

厨子王は一目散《いちもくさん》に坂道をかけおり、沼にそって街道に出た。

後で、姉弟をさがしに出た山椒大夫の討手が、この坂の下の沼の端《はた》で、安寿のわらぐつを一足《いっそく》拾った。

中山の国分寺の三門に、たいまつの火のあかりが乱れ、そこにはおおぜいの人がむらがりあっている。先頭に立っているのは、白柄《しろづか》のなぎなたを小わきに持った、山椒大夫の息子の三郎である。

三郎は本堂の前に突っ立って、大声でどなった。

「これへまいっておるのは山椒大夫の一族のものじゃ。大夫が使っている奴《やっこ》が一人、この山内《さんない》に逃げこんだのを、たしかに見とどけたものがある。かくれ場所は、寺のなかよりほかにはない。すぐにここに出してもらおうぞ」

おおぜいの討手たちも、口をそろえて、

「さあ、出してもらおうぞ」

と叫びあった。

ようようのことで、本堂の戸が静かにあいた。住持《じゅうじ》の曇猛律師《どんみょうりっし》が自分であけたのである。律師はまだ五十歳を越したばかりであった。

「お前がたは逃げた下人《げにん》をさがしにこられたのじゃな。当山では住持たるわしの許しがなくては、人をとめないことになっている。わしが知らぬから、そのものは当山にはおらぬ。

それはそれとして、お前がたのそのありさまはなにごとじゃ。夜分に刀槍をひっさげて、おおぜいで押しよせて来て、三門をあけよという。さては、国に大乱でもおこったか、国家の反逆人でもきたかと思うて、わざわざ三門を開かせたのじゃ。それがなんじゃ、お前の家の下人をさがすだけで、このさわぎか。

この山は勅願（天皇の御祈願《ごきがん》）の寺で、三門には勅額をかけ、七重の塔には天皇の御直筆《ごじきひつ》の金文字の経文がおさめてある。このような場所で乱暴すれば、国守は検校《けんぎょう》（社寺を監督する役目）のとがめをうけるのじゃ。また総本山の東大寺に訴えて出たら、都からどんなご沙汰があろうかも知れぬ。そこのところをよく考えてみて、早う引きあげたがよかろう。お前がたの身のためじゃ」

こう言い渡すと、律師はしずかに戸をしめた。三郎は本堂の戸をにらんでくやしがったが、戸をうちやぶってまでなかにふみこむだけの勇気もなかった。

あくる日、寺から諸方へ人が出た。安寿の入水《じゅすい》したことがわかった。三郎がむなしく引き返したことも伝えられた。

なか二日おいて、曇猛律師が田辺《たなべ》の方をさして寺を出た。あとからは、頭をまるめ、僧衣を着た厨子王がお供をした。山城の朱雀野《すじゃくの》まで来て、ここで律師は厨子王に別れを告げた。

「守り本尊を大切にしてお行き。お前のおとうさん、おかあさんの消息はきっとわかるよ」

こう言うと、律師は来た道をもどっていった。厨子王は、律師も亡《な》くなった姉と同じことをいうと思った。

都にのぼった厨子王は、東山の清水寺《きよみずでら》にとまった。

籠堂《こもりどう》に寝て、翌朝目がさめると、直衣《のおし》に烏帽子《えぼし》をつけ、指貫《さしぬき》をはいた老人が、厨子王の枕もとにたたずんでいた。

「お前は誰の子じゃ。わたしは関白師実《かんぱくもろざね》じゃ。わしは娘が病気なので、回復を祈って、ゆうべここにおこもりをした。すると夢にお告げがあった。左の格子《こうし》に寝ている童《わらわ》が、よい守り本尊を持っている。それを借りて娘に拝《おが》ませれば、なおるとのことじゃ。けさ、ここに来てみれば、お前がいる。どうかわたしに身の上をあかして、お前の守り本尊を拝ませてくれまいか」

「わたくしは陸奥掾正氏《むつのじょうまさうじ》というものの子でございます。父は十二年前に筑紫《つくし》の安楽寺《あんらくじ》へ行ったきり、帰らぬそうでございます。母はその年に生まれたわたくしと、三つになる姉とを連れて、岩代《いわしろ》の信夫《しのぶ》の郡《こおり》に住むことになりました。そのうち、姉とわたくしとを連れて、母は父をたずねに旅立ちました。越後で恐ろしい人買いにさらわれて、母は佐渡へ、姉とわたくしは丹後の由良《ゆら》へ売られました。姉は由良で亡くなりました。わたくしの持っている守り本尊は、このお地蔵さまでございます」

と厨子王は、守り本尊を師実《もろざね》にさしだした。

師実は仏像を手にして礼《れい》をした、それからいくども、ていねいに見て言った。

「これは、かねて聞き及んだ、尊い地蔵菩薩の金像じゃ。むかし百済《くだら》の国から伝わったのを、高見王《たかみおう》が持仏《じぶつ》にしておいでなされた。これを持ち伝えているからには、お前の家柄《いえがら》にまぎれはない。上皇がまだ在位されていた永保《えいほう》のはじめに、国守の不正事件に関係して、筑紫へ左遷された平正氏のあととりに相違あるまい。お前にもし還俗《げんぞく》の望みがあるならば、いずれは国司のご沙汰もあろう。まず当分は、わたしの家の客分となるがよい。わたしといっしょに邸へまいれ」

関白師実の娘は、じつは妻のめいで、上皇の后《きさき》である。この后はながいあいだ病気であったが、厨子王の守り本尊を拝むと、すぐに病気がなおった。

師実は、還俗した厨子王をみずから元服させ、父の一字をとり正道と名のらせた。同時に正氏の配所へは、赦免状《しゃめんじょう》がとどけられたが、すでに正氏は死んでいた。正道は、身のやつれるほど嘆《なげ》いた。

その年の秋の任官で、正道は丹後の国守となって、丹後一国での人の売り買いを禁じた。そこで山椒大夫も、ことごとく奴婢《ぬひ》を解放しなければならなかった。厨子王の恩人の曇猛律師は、僧都《そうず》に任ぜられた。安寿をいたわった小萩《こはぎ》は、伊勢に帰ることができた。安寿の亡《な》きあとは、ていねいにとむらわれ、また入水した沼のほとりには尼寺が建てられた。

さらに正道は休みを願い出て、佐渡へ渡った。まず佐渡の国府へ行って、役人の手で国中を調べてもらったがなかなか母の行方《ゆくえ》は知れなかった。

ある日、正道は物思いに沈みながら一人外出し、いつしか人家をはなれた畑の中の道を歩いていた。ふと見れば、そこにかなり大きな百姓家がある。庭一面にむしろが敷いてある。そこには粟《あわ》の穂がほしてあり、そのまんなかに、ぼろを着た女がすわっている。手に長い竿《さお》を持って、すずめが来て粟をついばむのを追いはらう。女はなにやら歌うような調子でつぶやいている。

正道はどうしてか、この女に心がひかれて、立ちどまった。女の髪は乱れ、ちりにまみれている。めくらである。正道はひどくあわれに思った。そのうちに女のつぶやいている言葉が、だんだんと耳になれ、意味もわかりだした。それと同時に、正道は体がふるえ、目には涙があふれて来た。

安寿恋しや、ほうやれほ。
厨子王《しょう》恋しや、ほうやれほ。
鳥も生あるものなれば、
疾《と》う疾《と》う逃げよ、逐《お》わずとも。

たちまち庭のなかへかけこんで、女の前にうつ伏した。正道は、右の手に守り本尊をささげ持って、それを拝んだ。

女はすずめでない、大きいものが粟をあらしに来たのを知った。そして、いつもの言葉をとなえやめて、見えぬ目でじっと前を見た。そのとき、干《ほ》した貝が水にほとびるように両方の目にうるおいが出た。女は目が開《あ》いた。

「厨子王」

という叫びが女の口から出た。二人はぴったり抱き合った。

文学史上の価値

『山椒大夫』は、新しい方法的転換を示したことで注目される作品である。鷗外が『歴史其儘と歴史離れ』で言っている「歴史離れ」の作品の第一作、伝説と空想との統一を試みている作品である。

鷗外は『山椒大夫』で、力のない人間、力を奪われた人間が、力のある者に対して苦しい戦いをして打ち勝つというテーマをあつかっている。幼い姉弟を通じて、人生に望みをすてず、どんな暗い現実でも人間の脱出できない暗さはありえないとし、人生の光明面《こうみょうめん》を浮かびあがらせた。ことに注目すべきは姉の安寿で、彼女が運命の善意を信ずることは、ほとんど宗教的な信仰にまで高められている。そのために弟が激励されて脱出の決心をつけるという、姉の性格の強さは後の『最後の一句』の少女「いち」と共通するものであるが、安寿の強さはいちのような人の心をつき刺すような強さではなく、もっと神々《こうごう》しい強さが示されているる。結局ここではいかに苦しい現実でも、信念をもてば生きぬくことができるということを作者が教えているると言ってよかろう。

古伝説を今日の読者にもすなおに受けとり得るような努力によって、美しい描写も生きて来ている。とくに最後の一節は、鷗外文中でも最もすぐれた効果をあげている名文である。

高瀬舟

成立の背景

『高瀬舟』は、大正四年十二月五日に書き終え、大正五年一月号の「中央公論」に発表された。のち大正七年二月、春陽堂刊行の短編集『高瀬舟』に収《おさ》められた。

この作品について、作者自身『高瀬舟縁起《えんぎ》』の一文をほぼ同じころに書いている。その中で鷗外はこう言っている。

「此話《このはなし》は翁草《おきなぐさ》に出てゐる。池辺《いけべ》義象《よしかた》さんの校訂《こうてい》した活字本で一ペエジ余《あまり》に書いてある。私はこれを読んで、其中《そのなか》に二つの大きい問題が含まれてゐると思つた。一つは財産と云ふものの観念である。銭《ぜに》を持つたことのない人の銭を持つた喜《よろこび》は、銭の多少には関《かん》せない。人の欲には限《かぎり》がないから、銭を持つて見ると、いくらあればよいといふ限界は見出されないのである。二百文《もん》を財産として喜んだのが面白い。今一つは死に掛《か》かつてゐて死なれずに苦んでゐる人を、死なせて遣《や》ると云ふ事である。……これをユウタナジイ（安楽死）といふ。楽に死なせると云ふ意味である。高瀬舟の罪人は、丁度それと同じ場合にゐたやうに思はれる。私にはそれがひどく面白い。かう思つて私は『高瀬舟』と云ふ話を書いた。」

鷗外は、池辺義象《よしかた》校訂の『翁草《おきなぐさ》』を原典として、この『高瀬舟』を書いたのである。『翁草』は、江戸時代の幕臣で京都町奉行の与力をつとめたことのある神沢貞幹が、諸書の抜き書を集めた随筆である。これは、その中の第十二の五十七にある「流人の話」によっている。

すでにいままで生涯編でも見てきたように、鷗外は少年時代から、足《た》ることを知るということと縁の遠い環境と心理におかれていた。『妄想』の中で、「足ることを知るといふことが自分には出来ない。自分は永遠なる不平家である」と、鷗外はみずからについても書いている。鷗外は『翁草』を読んで、無欲な人間の心理に深い感動を覚えるとともに、この罪人の無欲な、足《た》ることを知る心に、こうした今までの自分を反省しているようである。

また一方、鷗外には、明治四十一年に長女茉莉（当時五歳）が百日咳で死に瀕《ひん》した時、苦痛を見かねて、内科の一教授が鷗外に相談して、モルヒネ注射により安楽死させようとしたが、鷗外夫人の父荒木氏の反対のため中止になったことなどがあった。そのほか医学博士である鷗外は、早くから安楽死の問題に注目し、『甘瞑《かんめい》の夜』『ソクラテスの死』などの翻訳を発表したり、次男不律の死の時にもこの問題を考えたりしている。

『高瀬舟』は、足《た》ることを知ることと、安楽死の問題を、『翁草』を読んで書いた、一種のテーマ小説といえる。

あらすじ

高瀬舟は、京都の高瀬川を上下する小舟である。徳川時代に、京都の罪人が島流しを申し渡されると、高瀬舟に乗せられて、大阪へまわされるのだが、それを護送するのは、京都町奉行の配下の同心であった。

当時、島流しを申し渡された罪人たちは、もちろん重い罪をおかしたと認められる者ではあったが、むしろ、その大半《たいはん》は、ふとしたあやまちで、思わぬ罪をおかしたというような者たちであった。たとえば、当時相対死《あいたいし》といわれていた情死《じょうし》をはかって、相手の女を殺し、自分だけが生き残った男などである。

そういう罪人を乗せて、夕方、入相《いりあい》の鐘の鳴るころにこぎ出された高瀬舟は、黒ずんだ京都の町の家々を両岸に見ながら、東へ走り加茂川《かもがわ》を横ぎってくだるのだった。この舟の中で、罪人とその親類の者とは、夜どおし身の上を語り合う。いつもいつも、悔《く》やんでもかえらない繰《く》り言《ごと》である。護送の同心は、かたわらでそれを聞き、罪人たちの悲惨な身の上をこまかに知ることができた。これらは、町奉行所の白州《しらす》でのおもてむきの供述《きょうじゅつ》を聞いたり、あるいは役所の机の上で供述書を読んだりしている役人たちには、夢にも知ることのできない身の上話である。

☆

いつのころであったか。たぶん、江戸で白河楽翁侯《しらかわらくおうこう》が政治を支配していた寛政《かんせい》のころでもあったろう。春の夕べ、これまでに類のない、珍しい罪人が高瀬舟に乗せられた。

それは、名を喜助という、三十歳ばかりの、住所不定の男である。牢屋敷《ろうやしき》に呼び出されるような親類はないので、舟にもただ一人で乗った。

　護送を命じられて、いっしょに舟に乗りこんだ同心羽田庄兵衛は、ただ喜助が弟殺しの罪人だということだけを聞いていた。ところが、牢屋敷からつれてくるあいだ、このやせて色の蒼白《あおじろ》い喜助のようすを見ると、いかにも神妙で、おとなしく、自分を公儀《こうぎ》の役人としてうやまい、なにごとにつけてもさからわないようにしている。しかも、それが罪人のあいだにおうおう見受けるような、温順《おんじゅん》をよそおって権勢にこびる態度ではない。

　夜舟《よぶね》で寝ることは、罪人にも許されているのに、喜助は横になろうともせず、月をあおいで、黙っている。その額は晴れやかで、目にはかすかな輝きがある。

　庄兵衛は、まともには見ていないが、終始喜助の顔から目を離さないでいる。そして、心のうちで、不思議だ、不思議だと繰り返している。それは、喜助の顔が、いかにも楽しそうだからである。

　しばらくして、庄兵衛は、こらえきれなくなって呼びかけた。

「喜助。お前なにを思っているのか」

「はい」

といってあたりを見まわした喜助は、なにごとかお役人に見とがめられたのではないかと気づかうらしく、いずまいをただして、庄兵衛の顔色をうかがった。

「いや。じつはな、おれはこれまでこの舟で大勢の人を島へ送ったが、どれも島へ行くのを悲しがって、いっしょに舟に乗る親類のものと、夜どおし泣くにきまっていた。それなのに、お前のようすを見れば、どうも島へ行くのを苦にしてはいないようだ。いったい、お前はどう思っているのだい」

喜助はにっこり笑った。

「ご親切におっしゃってくだすって、ありがとうございます。なるほど島へ行くということは、ほかの人には悲しいことでございましょう。しかし、それは世間で楽《らく》をしていた人だからでございます。京都は結構な土地ではございますが、その結構な土地で、これまでわたくしのいたしてまいったような苦しみは、どこへまいってもなかろうと存じます。お上《かみ》のお慈悲で、命を助けて島へやってくださいます。わたくしは、これまで、どこといって自分のいていいところというものがございませんでした。こんどお上で島にいろとおっしゃって下さいます。その、いろとおっしゃるところに落ち着いていることができますのが、なによりもありがたいことでございます。それに、こんど、島へおやりくださるにつきまして、二百文《もん》の鳥目《ちょうもく》をいただきました。それをここに持っております」

こういいかけて、喜助は、胸に手をあてた。島流しをおおせつけられる者には、鳥目二百文をつかわすというのが、当時のおきてであった。

「お恥ずかしいことを申しあげなくてはなりませんが、わたくしはきょうまで二百文というおあしをこうして懐《ふところ》に入れて持っていたことはございません。どこかで仕事に取りつきたいと思って、たずねて歩きまして、それが見つかり次第、骨を惜《お》しまず働きました。そしてもらった銭《ぜに》は、いつも右から左へ人手《ひとで》に渡さなくてはなりませなんだ。それも現金で物が買って食べられるときは、わたくしの工面《くめん》のいいときでたいていは借りたものを返して、またあとを借りたのでございます。それが、お牢《ろう》にはいってからは、仕事をせずに食べさせていただきます。わたくしは、それだけでも、お上に対して済《す》まないことをいたしているようでなりません。それにお牢を出るときに、この二百文をいただきましたのでございます。こうして相変らずお上《かみ》の物を食べていて見ますれば、この二百文は、わたくしが使わずに持っていることができます。おあしを自分の物にして持っているということは、わたくしにとっては、始めてでございます。島へ行ってみますまでは、どんな仕事ができるかわかりませんが、わたくしはこの二百文を島でする仕事のもとでにしようと楽しんでおります」

こういって、喜助は口をつぐんだ。

庄兵衛は、喜助の話を聞いて、これをわが身の上と引きくらべてみた。彼と我との間に、はたしてどれほどの差があるか。自分も上《かみ》からもらう扶持米《ふちまい》を、右から左へと人手に渡してくらしているにすぎないではないか。彼と我との相違は、いわば、そろばんの桁《けた》が違っているだけで、喜助のありがたがる二百文に相当する貯蓄《ちょちく》さえ、こっちにはないのである。

鳥目二百文でも、喜助がそれを貯蓄と見て、喜んでいるのに無理はない。しかし、不思議なのは喜助の欲のないこと、足《た》ることを知っていることである。

庄兵衛は、ここに、彼と我との間に、大きいへだたりのあることを知った。自分の扶持米でやっていく暮らしは、おりおり足らぬことがあるにしても、たいてい出納《すいとう》が合っている、手いっぱいの生活である。しかし、そこに満足をおぼえたことはほとんどない。

いったい、このへだたりはどうして生じてくるのだろう。喜助には係累《けいるい》がないのに、こっちにはあるからだといってしまえば、それまでである。しかし、自分がひとり者であったとしても、どうも喜助のような心持ちにはなれそうもない。

庄兵衛は、漠然《ばくぜん》と、人の一生というようなことを思ってみた。人は身に病《やまい》があると、この病がなかったらと思う。その日その日の食がないと、食って行かれたらと思う。万一のときに備えるたくわえがあっても、またそれがもっと多かったらと思う。このように先から先へと考えてみれば、人はどこまで行っても、踏みとどまることができるものやらわから

「高瀬舟」舞台写真（早大演劇博物館蔵）

ない。それを今、目の前で踏みとどまって見せてくれるのが、この喜助だと、庄兵衛は気がついた。

庄兵衛は、いまさらのように、驚異《きょうい》の目をみはって喜助を見た。このとき、庄兵衛は喜助の頭から、仏のような後光《ごこう》がさすように思った。

☆

庄兵衛は、喜助の顔を見まもりながら、

「喜助さん」

と呼びかけた。

「はい」

と答えた喜助は、「さん」と呼ばれたのを不審《ふしん》に思うらしく、おそるおそる庄兵衛の顔色をうかがった。

庄兵衛は少し間《ま》の悪いのをこらえていった。

「いろいろのことを聞くようだが、お前が今度島へやられるのは、人を殺《あや》めたからだということだ。おれに、ついでに、そのわけを話して聞かせてくれぬか」

喜助はひどく恐れ入ったようすで、

「かしこまりました」

といって、小声で、話し出した。

「わたくしは、小さい時に両親が時疫《じえき》で亡《な》くなりまして、弟と二人あとに残りました。はじめはちょうど軒下に生まれた犬の子にふびんをかけるように、町内の人たちがお恵み下さいますので、近所の走り使いなどをいたして、飢《う》え凍《こご》えもせずに育ちました。次第に大きくなりまして、職を探《さが》しますにも、なるたけ二人が離れないようにして、助け合って働きました。去年の秋のことでございます。わたくしは、弟といっしょに、西陣《にしじん》の織場《おりば》にはいりました。そのうち弟が病気で働けなくなったのでございます、そのころ、わたくしどもは、北山《きたやま》の堀立小屋《ほったてごや》同様のところに寝起きをいたして、織場へかよっておりましたが、わたくしが、暮れてから食物などを買って帰ると、弟は待ちうけていて、わたくしを一人で稼《かせ》がせては済《す》まない済まないと申しておりました。ある日、いつものように何心《なにごころ》なく帰ってみますと、弟は布団《ふとん》の上に突《つ》っ伏《ぶ》していまして、まわりは血だらけなのでございます。わたくしはびっくりして、そばへ行き『どうした、血を吐《は》いたのかい』と申しました。すると弟は、右の手を床について少し体を起こしました。左の手はしっかり、あごの下のところを押《おさ》えていますが、その指のあいだから黒血のかたまりがはみ出しています。弟は目で、わたくしのそばへ寄《よ》るのをとめるようにして、口をききました。『済まない。どうせなおりそうもない病気だから、早く死んで少しでも兄貴《あにき》に楽《らく》をさせたいと思ったのだ。喉《のど》を切ったら、すぐ死ぬるだろうと思ったが、息がそこからもれるだけで死ねない。これをうまく抜いてくれたらおれは死ねるだろうと思っている。物をいうのがせつなくていけない。どうぞ手をかして抜いてくれ』というのでございます。弟が左の手をゆるめると、そこから息がもります。わたくしは、どうしようという思案もつかずに、弟の顔を見ました。弟はじっとわたくしを見つめています。わたくしはやっとのことで、『待ってくれ。お医者を呼んでくるから』と申しました。弟はうらめしそうな目つきで、左手で喉をしっかり押えて、『医者がなんになる。ああ、苦しい。早く抜いてくれ。頼む』というのでございます。わたくしは、途方《とほう》に暮れたような心持ちになって、ただ弟の顔ばかり見ておりますと、弟の目は、『早くしろ、早くしろ』といっているように、恐ろしい催促《さいそく》をやめません。それに、その目のうらめしそうなのが、だんだん険《けわ》しくなってきて、とうとう敵《かたき》の顔でもにらむような、憎々《にくにく》しい目になってしまいます。それを見ていて、わたくしは、とうとう、『しかたがない。抜いてやるぞ』と申しました。すると、弟の目ががらりと変って、晴れやかに、さも嬉しそうになりました。わたくしは、なんでもひと思いにしなくてはと思って、膝《ひざ》をつくようにして体《からだ》を前へ乗り出しました。わくしは剃刀《かみそり》の柄《え》をしっかり握って、ずっと引きました。このとき、わたしが中から締《し》めておいた表口の戸をあけて、近所の婆さんがはいって来ました。婆さんは、『あっ』といったきり、表口をあけ放したまま、駆け出してしまいました。わたくしは、剃刀を抜くとき、手早く抜こう、まっすぐに抜こうというだけの用心はいたしましたが、どうも抜いたときの手ごたえは、いままで切れていなかったところを切ったように思われました。刃がそとのほうへ向いていましたから、そとのほうが切れたのでございましょう。婆さんが行ってしまってから、気がついて弟を見ますと、弟はもう息が切れておりました。それから年寄衆《としよりしゅう》がお出でになって、役場へつれて行かれますまで、わたくしは、剃刀をそばにおいて、目を半分あけたまま、死んでいる弟の顔を見つめていたのでございます」

少しうつむき加減になって、庄兵衛の顔を下から見上げて話していた喜助は、こういってしまって、視線を膝の上におとした。

喜助の話は、よく筋道が立っている。庄兵衛は、その場のようすを目のあたり見るような思いをして聞いていたが、これがはたして弟殺しというものだろうか、人殺しというものだろうかという疑いが、話を半分聞いたときからおこってきて、聞いてしまっても、その疑いを解くことができなかった。弟は剃刀を抜いてくれたら死なれるだろうから、抜いてくれといった。それを抜いてやって、死なせたのだ、殺したのだとはいえる。しかし、そのままにしておいても、どうせ死ななくてはならない弟であったらしい。それが早く死にたいといったのは、苦しさに耐えられなかったからである。喜助は、その苦を見るに忍《しの》びなかった。苦から救ってやろうと思って、命を断《た》った。それが罪であろうか。殺したのは罪に相違ない。しかし、それが苦から救うためであったと思うと、そこに疑いが生じて、どうしても解けないのである。

庄兵衛の心の中には、いろいろに考えてみたすえに、自分より上の者の判断にまかすほかないという思い、権威《オーソリティー》にしたがうほかはないという思いが生じた。庄兵衛はお奉行様の判断を、そのまま自分の判断にしようと思ったのである。そう思っても、庄兵衛は、まだどこやらに腑《ふ》に落ちないものが残っているので、なんだかお奉行様に聞いてみたくてならなかった。

しだいにふけて行く朧夜《おぼろよ》に、沈黙の二人を乗せた高瀬舟は、黒い水の面をすべって行った。

文学史上の価値

大正四年のなかばすぎから終りにかけて、鷗外は役人から見た庶民像を、つづけざまに歴史小説というかたちで描いて見せている。『最後の一句』のいち、『高瀬舟』の喜助、『寒山拾得』の二人の乞食僧などである。

このころ、軍医総監、医務局長であった鷗外には、すでに退官の話がおこっていた。したがって、これらの作品を書いた時の鷗外の心は複雑であった。これらの作品には、退官に際して鷗外が多少の不満の思いを持っていたことが、作中人物をとおして、役人に対する諷刺やいやみとなって出ている。喜助は、

「京都は結構《けっこう》な土地ではございますが、その結構な土地で、これまでわたくしのいたして参《まい》ったやうな苦《くるし》みは、どこへ参ってもなからうと存じます」

「島はよしやつらい所でも、鬼の栖《す》む所ではございますまい。わたくしはこれまで、どこと云って自分のゐて好い所と云ふものがございませんでした。こん度お上で島にゐろと仰《おっし》やって下さいます。そのゐろと仰やる所に落ち着《つ》いてゐることが出来ますのが、先づ何よりも有難《ありがた》い事でございます」

と言っている。鬼の栖む京都での苦労よりも、島ながしになる方がよほど安楽だ、というのである。このような批判は、鷗外自身の陸軍に対する批判であり、退官に際する気持ちであった。

島流しになる喜助は、『寒山拾得《かんざんじっとく》』のなかで、身分の高い役人の閭丘胤《りょきゅういん》を一目見て、笑いながら逃げ出す、寒山であり、拾得であった。寒山も拾得も、隠者として、俗世間から姿をくらまし、世間以外のところで生きている人である、陸軍から自由になる鷗外は、閭の代表する役人世界を、陸軍を、俗世間を大いに笑いと

ばしたのである。

鷗外は、後の『北条霞亭』のなかで、若いころ隠者の境を羨《うらや》んだことがあったと書いているが、『高瀬舟』や『寒山拾得』を書くころになって、高位高官の鷗外は、やっと足ることを知る喜助や、寒山や拾得の高い境地にたどりついたのであろう。

鷗外は大正五年五月に『空車《むなぐるま》』を書き、その中で「わたくしは、此《この》空車の行くに逢《あ》ふ毎《ごと》に、目迎へてそれを送ることを禁じ得ない。わたくしは此空車が何物かを載せて行けば好いなどとは、かけても思はない」と述べた。この境地が、最後の史伝の世界へとつながっていった。鷗外は、抽斎伝や蘭軒伝を書く心を『観潮楼閑話』(大正六年十月)のなかでこう言っている。

「これらの伝記を書くことが有用であるか、無用であるかを論ずることを好まない。ただ書きたくて書いてゐる」

ここに、俗世間にきがねすることなく、悠々たる境地を歩いていく、鷗外の高い人間像がある。『高瀬舟』は、こうした高い境地で書かれた鷗外の歴史小説の代表的傑作である。

年　譜

一八六二年(文久二)　一月一九日、石見国《いわみのくに》鹿足郡《かのあしぐん》津和野町《つわのまち》田村横堀（島根県津和野町）に、津和野藩の御典医である父静男、母峰子の長男として生まれた。本名林太郎。

＊坂下門外の変。生麦事件。

一八六七年(慶応三)　**六歳**　藩の儒者村田久兵衛に漢籍の素読を受け、『論語』を学んだ。

＊大政奉還・王政復古。夏目漱石・幸田露伴・正岡子規・尾崎紅葉生まる。

一八六八年(慶応四・明治元)　**七歳**　藩の儒者米原綱善《つなえ》について『孟子』を学んだ。

＊鳥羽伏見の戦い。五箇条の御誓文発布。江戸を東京と改める。『戦争と平和』トルストイ。

一八六九年(明治二)　**八歳**　藩校養老館に入学し、『四書』を学んだ。

＊東京遷都。版籍奉還。『無意識哲学』ハルトマン。

一八七〇年(明治三)　**九歳**　養老館で『五経』を、父に『オランダ文典』を学んだ。

＊東京横浜間に乗合馬車開業。郵便開設。

一八七二年(明治五)　**十一歳**　六月、父に伴《ともな》われて上京。八月、向島小梅村の亀井侯下屋敷内に住んだ。一〇月、神田小川町の西周《にしあまね》邸に寄寓し、進文学舎に入学、ドイツ語を学んだ。

＊学制発布、義務教育の実施。新橋横浜間鉄道開通。太陽暦の採用。島崎藤村・樋口一葉生まる。

一八七四年(明治七)　**十三歳**　一月、東京医学校予科に入学した。

＊板垣退助ら民撰議院設立の建白書《けんぱくしょ》を出す。「明六雑誌」創刊。

一八七六年(明治九)　**十五歳**　一二月、本郷本富士町に医学校校舎が新築され、その寄宿舎に入り、官費生となった。

＊熊本神風連の乱など起こる。坪内逍遙、開成学校に入学。

一八七七年(明治一〇)　**十六歳**　四月、東京医学校は東京

開成学校と合併《がっぺい》、東京大学医学部となり、その本科生となった。同窓に賀古鶴所《かこつるど》らがいた。

*西南戦争起こる。

一八八〇年(明治一三) **十九歳** 寄宿舎を出て、本郷竜岡町の下宿屋上条に移った。

*『ナナ』・『実験小説論』ゾラ。

一八八一年(明治一四) **二十歳** 七月、東京大学医学部を最年少で卒業。一二月、陸軍軍医副《ふく》となり、東京陸軍病院勤務を命じられた。

*板垣退助ら自由党を結成。明治二三年国会開設の詔勅《しょうちょく》。

一八八二年(明治一五) **二十一歳** 五月、陸軍軍医本部勤務となった。

*大隈重信ら立憲改進党結成。東京専門学校(早稲田大学の前身)創立。政治小説の隆盛。

一八八四年(明治一七) **二十三歳** 六月、陸軍衛生制度調査と軍隊衛生学研究のため、ドイツ留学を命じられ、八月出発、一〇月ベルリンに着き、ライプチヒ大学へ入学、ホフマン教授のもとで研究した。

*群馬事件など、自由党の諸事件起こる。

一八八五年(明治一八) **二十四歳** 一〇月、ドレスデンに移り、ザクセン軍医監ロオトについて軍隊衛生学の研究に従事した。

*大阪事件起こる。第一次伊藤博文内閣成立。尾崎紅葉ら硯《けん》友社《ゆうしゃ》結成。『小説神髄』坪内逍遙。

一八八六年(明治一九) **二十五歳** 三月、ミュンヘン大学に入って、ペッテンコオフェル教授についた。

*演劇改良会の発足。『美学』ハルトマン。石川啄木生まる。

一八八七年(明治二〇) **二十六歳** 四月、ベルリン大学に入り、五月、北里柴三郎とともにロオベルト・コッホを訪ね、その衛生試験所に入った。

*東京に初めて電燈がつく。欧化主義が高まる。徳富蘇峰、民友社を結成し、「国民之友」を創刊。『浮雲』二葉亭四迷。

一八八八年(明治二一) **二十七歳** 七月、ベルリンを出発し、九月、帰朝。陸軍軍医学舎(校)教官に任命され、一一月、陸軍大学校教官を兼任した。

*枢密院《すうみついん》の設置。「東京朝日新聞」創刊。

一八八九年(明治二二) **二十八歳** 三月、海軍中将男爵赤

松則良の長女登志子と結婚。八月、新声社訳の『於母影』を「国民之友」に発表。一〇月、「しがらみ草紙」を創刊した。

＊大日本帝国憲法、衆議院議員法公布。『二人比丘尼色懺悔《ににんびくにいろざんげ》』尾崎紅葉。

一八九〇年(明治二三)　**二十九歳**　一月、『舞姫』を「国民之友」に発表。八月、『うたかたの記』を「しがらみ草紙」に発表。九月、長男於菟《おと》出生。妻登志子と離婚。一〇月、本郷駒込千駄木町五七の貸家（この家はのち夏目漱石も借りた）に移り、千朶山房《せんださんぼう》と号した。

＊第一回衆議院選挙。教育勅語発布。『小公子』若松賤子訳。

一八九一年(明治二四)　**三十歳**　一月、『文づかひ』を発表。九月、「しがらみ草紙」に「山房論文」を連載しはじめ、坪内逍遙との間に没《ぼつ》理想論争を展開した。

＊内村鑑三、不敬事件。『五重塔』幸田露伴。

一八九二年(明治二五)　**三十一歳**　一月、本郷駒込千駄木町二一に移り、観潮楼《かんちょうろう》と号した。七月、初期作品をおさめた『美奈和集《みなわしゅう》(水沫集)』を春陽堂から刊行。一一月から、アンデルセンの『即興詩人』の訳を「しがらみ草紙」に発表、のち「目不酔草《めざましぐさ》」に連載した。

＊探偵小説流行のきざし。『罪と罰』内田魯庵訳。芥川龍之介・佐藤春夫生まる。

一八九三年(明治二六)　**三十二歳**　一一月、陸軍軍医学校長となった。

＊落合直文が浅香社を創立。「文学界」創刊。

一八九四年(明治二七)　**三十三歳**　八月、日清戦争が起こり、軍医部長として出征。「しがらみ草紙」はこのため五九号で廃刊した。

＊北村透谷自殺。『滝口入道』高山樗牛。『愛弟通信』国木田独歩。

一八九五年(明治二八)　**三十四歳**　四月、日清講和条約調印され、一〇月、凱旋し、軍医学校長に復職した。

＊観念小説・深刻小説の流行。『たけくらべ』樋口一葉。

一八九六年(明治二九)　**三十五歳**　一月、「目不酔草《めざましぐさ》」を創刊した。

＊樋口一葉逝去。『多情多恨』尾崎紅葉。宮沢賢治生まる。

一八九八年(明治三一)　**三十七歳**　一〇月、近衛師団《このえしだん》軍医部長兼《けん》陸軍軍医学校長となった。

＊大隈重信、最初の政党内閣を組織。『歌よみに与ふる書』正岡子規。『不如帰』徳富蘆花。横光利一生まる。

一八九九年(明治三二) **三十八歳** 六月、陸軍軍医監に任ぜられ、第十二師団軍医部長となり、小倉へ赴任《ふにん》した。

＊正岡子規の根岸短歌会・与謝野鉄幹の東京新詩社創立。

一九〇二年(明治三五) **四十一歳** 一月、大審院判事荒木博臣の長女志げと観潮楼で結婚式を挙げ、いっしょに小倉へ帰った。二月、「目不酔草」廃刊。三月、第一師団軍医部長となり、帰京した。六月、「芸文」創刊。八月、廃刊。九月、『即興詩人』を刊行。一〇月、「万年艸《そう》」創刊。

＊日英同盟成立。『重右衛門の最後』田山花袋。『地獄の花』永井荷風。

一九〇四年(明治三七) **四十三歳** 二月、日露戦争発生し、四月、満州へ出征。このため「万年艸《そう》」廃刊。

＊『君死にたまふこと勿《な》かれ』与謝野晶子。堀辰雄生まる。

一九〇六年(明治三九) **四十五歳** 一月、東京に凱旋。六月、山県有朋《やまがたありとも》らと歌会常磐会《ときわかい》を起こした。

＊『破戒』島崎藤村。『運命』国木田独歩。『草枕』夏目漱石。

一九〇七年(明治四〇) **四十六歳** 三月、観潮楼歌会を起こした。九月、『うた日記』を刊行。一一月、陸軍軍医総監となり、陸軍省医務局長に就任した。

＊足尾など鉱山暴動事件起こる。夏目漱石、東京朝日新聞に入社。『蒲団《ふとん》』田山花袋。

一九〇九年(明治四二) **四十八歳** 一月、「スバル」が創刊され、戯曲『プルムウラ』『半日』などの作品を矢継《やつ》ぎ早《ばや》に発表した。七月、『ヰタ・セクスアリス』を「スバル」に発表、発売禁止になった。文学博士の学位を受けた。

＊日糖事件起こる。『それから』夏目漱石。二葉亭四迷逝去。太宰治生まる。

一九一〇年(明治四三) **四十九歳** 二月、慶応義塾文学部刷新《さっしん》に関与して、永井荷風を教授に招き、みずから顧問となった。三月、『青年』を「スバル」に発表。五月、「三田文学」が創刊された。

＊白瀬中尉の南極探険隊出発。『一握の砂』石川啄木。

一九一一年(明治四四) **五十歳** 三月、『妄想』を「三田文学」に発表。九月、『雁』を「スバル」、一〇月、『灰燼《かいじん》』を「三田文学」に発表した。
＊大逆事件判決下り、幸徳秋水ら十二名死刑。

一九一二年(明治四五・大正元) **五十一歳** 七月三〇日、明治天皇崩御。一〇月、初の歴史小説『興津弥五右衛門の遺書』を「中央公論」に発表した。
＊乃木大将殉死。石川啄木逝去。『悲しき玩具』石川啄木。

一九一三年(大正二) **五十二歳** 一月、『阿部一族』を「中央公論」に発表。六月、歴史小説集『意地』を刊行。一二月、「スバル」六〇号で廃刊。
＊島村抱月、松井須磨子らと芸術座を創立。『赤光』斎藤茂吉。

一九一四年(大正三) **五十三歳** 四月、『安井夫人』、九月、『栗山大膳』を「太陽」に発表した。
＊第一次世界大戦勃発。カチューシャの歌流行。芥川龍之介らの第三次「新思潮」創刊。『道程』高村光太郎。『こころ』夏目漱石。『三太郎の日記』阿部次郎。

一九一五年(大正四) **五十四歳** 一月、『山椒大夫』、一〇月、『最後の一句』を「中央公論」に発表した。
＊『道草』夏目漱石。『羅生門』芥川龍之介。

一九一六年(大正五) **五十五歳** 一月、『高瀬舟』を「中央公論」、『寒山拾得』を「新小説」、『渋江抽斎』を「東京日日新聞」・「大阪毎日新聞」に発表。三月、母峰子歿。四月、医務局長を辞職した。六月、『伊沢蘭軒』を「東京日日新聞」・「大阪毎日新聞」に発表。
＊永井荷風、慶応義塾教授を辞す。『鼻』芥川龍之介。上田敏・夏目漱石逝去。

一九一七年(大正六) **五十六歳** 一〇月、『北条霞亭』を「東京日日新聞」・「大阪毎日新聞」に発表。一二月、帝室博物館総長兼《けん》図書頭《ずしよのかみ》となった。
＊『有島武郎著作集』出始める。『月に吠える』萩原朔太郎。

一九二一年(大正一〇) **六十歳** 三月、『帝謚考《ていしこう》』成り、次いで『元号考』に着手した。一一月ごろから、下肢に浮腫《ふしゆ》あらわれ、腎臓病の徴候がみられた。
＊「種蒔《たねま》く人」創刊。『暗夜行路』(前編)志賀直哉。

一九二二年(大正一一) **六十一歳** 六月、病が進み、二九日、初めて医師の診察を受け、「萎縮腎《いしゆくじん》」と診断されたが、肺結核の症状も進んでいた。七月六日、賀古鶴所に遺言を筆受させ、九日午前七時、自宅で死去した。
＊有島武郎、北海道の狩太農場を解放。『人間万歳』武者小路実篤。

参考文献

（なるべく一般的なものから高度なものへと並べました）

テキスト

『森鷗外全集』（全9巻）　筑摩書房版　昭34・3～37・4
『鷗外全集』（全53巻）　岩波書店版　昭26・6～31・2

伝記的な参考書

『森鷗外』　杉森久英　福村書店　昭27・3
『森鷗外』（日本文学アルバム）　野田宇太郎　筑摩書房　昭29・10
『森鷗外の人と作品』　唐木順三　学習研究社　昭34・5
『森鷗外』（近代文学鑑賞講座）　稲垣達郎　角川書店　昭35・1
『評伝森鷗外』　山室　静　実業之日本社　昭35・2
『森鷗外』（写真作家伝叢書）　長谷川泉　明治書院　昭40・4
『芸林閒歩』　木下杢太郎　岩波書店　昭11・6
『鷗外森林太郎』　森潤三郎　丸井書店　昭17・4
『軍医森鷗外』　山田弘倫　文松堂書店　昭18・6
『森鷗外の系族』　小金井喜美子　大岡山書店　昭18・12
『父親としての森鷗外』　森　於菟　大雅書店　昭30・4
『鷗外の子供たち』（カッパブックス）　森　類　光文社　昭31・12

思想的な少し程度の高い参考書

『森鷗外覚書』　成瀬正勝　万里閣　昭15・4
『鷗外・その側面』　中野重治　筑摩書房　昭27・6
『森鷗外』（角川文庫）　石川　淳　角川書店　昭28・7
『森鷗外』　高橋義孝　五月書房　昭32・11
『森鷗外』（現代教養文庫）　唐木順三　社会思想社　昭33・3
『森鷗外』　生松敬三　東大出版会　昭33・9
『森鷗外論考』　長谷川泉　明治書院　昭37・11
『森鷗外―作家と作品』　渋川　驍　筑摩書房　昭39・8

さ く い ん

—完—

B

森《もり》 鷗外《おうがい》■人と作品　　定価はカバーに表示

1966年10月25日　第1刷発行©
2016年8月30日　新装版第1刷発行©
2017年1月20日　新装版第2刷発行

・著　者　…………福田清人《ふくだきよと》／河合靖峯《かわいやすお》
・発行者　…………渡部　哲治
・印刷所　…………法規書籍印刷株式会社
・発行所　…………株式会社　清水書院

〒102-0072　東京都千代田区飯田橋3-11-6
Tel・03(5213)7151～7
振替口座・00130-3-5283
http://www.shimizushoin.co.jp

検印省略
落丁本・乱丁本は
おとりかえします。

CenturyBooks

Printed in Japan
ISBN978-4-389-40106-1

Century Books

清水書院の〝センチュリーブックス〟発刊のことば

近年の科学技術の発達は、まことに目覚ましいものがあります。月世界への旅行も、近い将来のこととして、夢ではなくなりました。しかし、一方、人間性は疎外され、文化も、商品化されようとしていることも、否定できません。

いま、人間性の回復をはかり、先人の遺した偉大な文化を継承して、高貴な精神の城を守り、明日への創造に資することは、今世紀に生きる私たちの、重大な責務であると信じます。

私たちがここに、「センチュリーブックス」を刊行いたしますのは、人間形成期にある学生・生徒の諸君、職場にある若い世代に精神の糧を提供し、この責任の一端を果たしたいためであります。

ここに読者諸氏の豊かな人間性を讃えつつご愛読を願います。

一九六七年

清水梅子

SHIMIZU SHOIN

【人と思想】既刊本

老子	高橋進
孔子	内野熊一郎他
ソクラテス	中野幸次
釈迦	副島正光
プラトン	中野幸次
アリストテレス	堀田彰
イエス	八木誠一
親鸞	古田武彦
ルター	小牧治・泉谷周三郎
カルヴァン	渡辺信夫
デカルト	伊藤勝彦
パスカル	小松摂郎
ロック	浜林正夫他
ルソー	中里良二
カント	小牧治
ベンサム	山田英世
ヘーゲル	澤田章
J・S・ミル	菊川忠夫
キルケゴール	工藤綏夫
マルクス	小牧治
福沢諭吉	鹿野政直
ニーチェ	工藤綏夫
J・デューイ	山田英世
フロイト	鈴村金彌
内村鑑三	関根正雄
ロマン=ロラン	村上嘉隆・村上益子
孫文	横山英・中山義弘
ガンジー	坂本徳松
レーニン	中野徹三・高岡健次郎
ラッセル	金子光男
シュバイツァー	泉谷周三郎
ネルー	中村平治
毛沢東	宇野重昭
サルトル	村上嘉隆
ハイデッガー	新井恵雄
ヤスパース	宇都宮芳明
孟子	加賀栄治
荘子	鈴木修次
アウグスティヌス	宮谷宣史
トーマス・マン	村田經和
シラー	内藤克彦
道元	山折哲雄
ベーコン	石井栄一
マザーテレサ	和田町子
中江藤樹	渡部武
ブルトマン	笠井恵二
本居宣長	本山幸彦
佐久間象山	奈良本辰也・左方郁子
ホッブズ	田中浩
田中正造	布川清司
幸徳秋水	絲屋寿雄
スタンダール	鈴木昭一郎
和辻哲郎	小牧治
マキアヴェリ	西村貞二
河上肇	山田洸
アルチュセール	今村仁司
杜甫	鈴木修次
スピノザ	工藤喜作
ユング	林道義
フロム	安田一郎
マイネッケ	西村貞二
エラスムス	斎藤美洲
パウロ	八木誠一
ブレヒト	岩淵達治
ダンテ	野上素一
ダーウィン	江上生子
ゲーテ	星野慎一
ヴィクトル=ユゴー	辻昶・丸岡高弘
トインビー	吉沢五郎
フォイエルバッハ	宇都宮芳明

平塚らいてう	小林登美枝
フッサール	加藤精司
ゾラ	尾崎和郎
ボーヴォワール	村上益子
カール＝バルト	大島末男
ウィトゲンシュタイン	岡田雅勝
ショーペンハウアー	遠山義孝
マックス＝ヴェーバー	住谷一彦他
D・H・ロレンス	倉持三郎
ヒューム	泉谷周三郎
シェイクスピア	福田陸太郎 菊川倫子
ドストエフスキイ	井桁貞義
エピクロスとストア	堀田彰
アダム＝スミス	浜林正夫 鈴木亮
ポパー	川村仁也
フンボルト	西村貞二
白楽天	花房英樹
ベンヤミン	村上隆夫
ヘッセ	井手賁夫
フィヒテ	福吉勝男
大杉栄	高野澄
ボンヘッファー	村上伸
ケインズ	浅野栄一
エドガー＝A＝ポー	佐渡谷重信
ウェスレー	野呂芳男
レヴィ＝ストロース	吉田禎吾他
ブルクハルト	西村貞二
ハイゼンベルク	小出昭一郎
ヴァレリー	山田直
プランク	高田誠二
ラヴォアジエ	中川鶴太郎
T・S・エリオット	徳永暢三
シュトルム	宮内芳明
マーティン＝L＝キング	梶原寿
ペスタロッチ	長尾十三二 福田弘
玄奘	三友量順
ヴェーユ	冨原眞弓
ホルクハイマー	小牧治
サン＝テグジュペリ	稲垣直樹
西光万吉	師岡佑行
ヴァイツゼッカー	加藤常昭
メルロ＝ポンティ	村上隆夫
オリゲネス	小高毅
トマス＝アクィナス	稲垣良典
ファラデーとマクスウェル	後藤憲一
津田梅子	古木宜志子
シュニツラー	岩淵達治
タゴール	丹羽京子
カステリョ	出村彰
ヴェルレーヌ	野内良三
コルベ	川下勝
ドゥルーズ	鈴木亨
「白バラ」	関楠生
リジュのテレーズ	菊地多嘉子
リッター	西村貞二
プルースト	石木隆治
ブロンテ姉妹	青山誠子
ツェラーン	森治
ムッソリーニ	木村裕主
モーパッサン	村松定史
大乗仏教の思想	副島正光
解放の神学	梶原寿
ミルトン	新井明
神谷美恵子	江尻美穂子
ティリッヒ	大島末男
レイチェル＝カーソン	太田哲男
オルテガ	渡辺修
アレクサンドル＝デュマ	稲垣直樹 辻昶
西行	渡部治
ジョルジュ＝サンド	坂本千代
マリア	吉山登